인생, X다

인생, X다

포르★케

어제의 X를 돌아보고
내일의 X를 꿈꾸며

담당 편집자가 그랬다. 프롤로그는 '승승장구하던 시절에서 환자가 되었을 때 들었던 감정들에 대해 써주시면 어떨까요?' 여자 친구에게 바라는 점을 묻기 전에 먼저 여자 친구가 있는지 묻는 것이 예의 아닌가. 당연히 나에게도 '혹시 승승장구하던 시절이 있으셨나요?'라고 먼저 물었어야 한다. 묻지도 않은 질문에 나는 또 속없이 대답한다. 곰곰이 생각해보니 없네요.

적지 않은 나이에 유사 승승장구 시절조차 떠오르지 않는 건, 그놈의 바보 같던 선택들 때문일 거다. 직원 다섯 명도 안 되는 코딱지만 한 광고 기획사에 들어가 '종합광고대행사까지 끝내 입사하리라!'를 이뤄 놓고 퇴사. 뭔가 거창한 이유도 없이 그저 사귀던 여자 친구랑 더 오래 같이 있고 싶어 그랬다. 사랑하는 이와 함께 있으려면 돈이 필요하다는 걸 모르지도 않을 나이였는데 왜 그랬을까. 어쩔 수 없이 프리랜서가 되어 밤낮으로 정신없이 일하다 보니 돈을 벌면 뭐 하나. 걸프렌드 앞에는 이미 X가 붙은 지 오래전이었다.

혼자서도 꿋꿋하고 행복하게 살자고 했던 다음 선택이 간지 작살, 뽀대 끝판왕인 홍대 카페 사장이었다. 힙한 음악들, 멋진 여자들, 차곡차곡 쌓여갔던 적자들!

· · ·

고장 난 시계도 하루에 두 번은 맞는데 내 선택들은 '비 사이로 막 가'도 아니고, 악수에 악수를 거듭하며 최악의 순간들만 수집하는 컬렉터 그 자체였다. 내가 했던 수많은 선택 중에서 이 책에 수록된 내용은 정말이지 걸출한 X가 아닐까 싶다. 인생이 내가 원치 않는 방향으로 송두리째 바뀌었으니까 말이다.

'상황이 생각보다 나쁘지 않나 보네'라는 긍정의 선택을 했다는 이유로, 점수 차가 크면 9회가 되기도 전에 콜드게임으로 질 수 있다는 걸 몰랐다는 이유로, 나는 많은 것을 잃고 오랫동안 휘청거렸다. 자살을 해도 주위 사람 모두가 끄덕거릴 상황에서 난 그 어느 때보다 강한 삶의 의지를 느끼고 있다. 어느 날 갑자기 저승사자가 찾아온다면 누구나 다 그럴 것이다.

"저 아직 아닌데요? 잘못 찾아오셨는데요!"

죽음이 남의 일이었을 때 나의 하루는 지루했고, 삶을 뺏기기 일보 직전에야 비로소 일상이 버킷리스트가 되었다.

· · ·

내가 암에 걸리기 전에도 암환자의 일상을 다룬 에세이는 차고 넘쳤다. 그때 내가 읽었다고 하더라도 당연히 뭔가 깨우쳤을 리는 없다. 내 일이 아닌 남의 일이기에 그저 저자가 건강하기만 바라지 않았을까. 이 책을 읽는 누군가의 일상이, 기준이, 선택이 쉽게 바뀔 거란 생각은 솔직히 하지 않는다. 나와 남과의 괴리감은 생각보다 어마어마하다는 것도 안다. 소박한 목표를 정해본다면 딱 한 사람, 이 책을 읽고 소중한 이를 놓치지 않는다거나, 제때 항암 치료를 받는다거나, 하루를 허투루 살지 않는다거나, 딱 한 사람만이라도 괜찮은 선택을 한다면 좋겠다.

나는 내가 선택했던 수많은 X를 무엇도 넣을 수 있는 가능성의 X로 바꿀 생각이다. 당신은 지금까지 잘 선택해 O를 골랐듯 앞으로도 또 O를 고르면 된다. O와 O가 합쳐진다면 당신의 내일은 무한대가 될 것이다.

* * *

3.8평 불법 쪼개기 원룸에서 이 글을 썼다. 글을 쓰는 순간만큼은 내가 암환자란 사실을 잊고 남의 일인 듯 즐겁게 썼다. 포르체의 박영미 대표님과 류다경 님 덕분에 졸고가 숨 막히던 원룸을 탈출할 수 있었다. 되게 막 친한 사이는 아니어서 글로나마 감사 인사를 드린다.

김별로

차례

《시즌 1》 X에 X를 더해 X가 되었다

《시즌 2》 X에 X를 더해 X가 되기로 했다

X에 X를 더해 X가 되었다

암은 설마를 타고 온다

시작은 매년 찾아오는 코감기였다. 어렸을 때부터 비염을 달고 살았고, 그저 환절기가 되면 옷장 정리를 하듯 일상적으로 걸리는 코감기라고 생각했다. 오른쪽 콧구멍이 꽉 막혀 숨쉬기 불편한 날들이 일주일쯤 지났을까. 이물감이 느껴져 콧구멍에 손가락을 살짝 넣어보니 다래끼가 난 것처럼 안쪽이 부어있었다. 동네 이비인후과에 가서 엑스레이를 찍고 진료를 받았다. 낑낑거리며 내 콧속을 진찰하던 의사는 아무래도 부비동염 같으니 큰 병원에 가보라고 권유했다. 제거 수술을 해야 할 것 같은데 작은 병원보다는 큰 병원이 낫겠다며. '돈 안 되는 번거로운 수술, 상급 병원으로 떠넘기는 거 아닐까?' 베테랑 코감기 환자의 직감으로는 주사 맞고 약 먹으면 나을 것 같은데 일을 크게 만드는 느낌이 들었다. 며칠 후 개인 병원 의사의 소견서와 엑스레이 CD를 들고 일산의 K 병원에 찾아갔다. 진단은 같았다. 챙겨간 자료가 무색하게 새로 엑스레이를 찍고, CT를 찍고, PET-CT까지 찍은 뒤 수술 날짜를 잡았다.

"수술은 아프지 않을까요?"

"국소마취를 하니 아프지 않습니다. 끝나고 아프면 진통제 놔드리니까 걱정하지 않으셔도 됩니다."

"혹시 전신마취도 가능한가요?"

옆에 서있던 간호사에게 스쳐 간 찰나의 조소를 포착했다. 나이도 먹을 만큼 먹은 남자가 겁이 저렇게 많을까. 마음의 소리가 들리는 듯했지만 깨어있는 상태로 내 살이 잘려나가는 공포를 견딜 자신이 없었다. 국소마취로 충분한 수술을 전신마취로 선택했기에 이삼 일의 입원을 감수해야 하는 것도 전혀 문제가 되지 않았다. 이

제까지 병원에 입원한 경험은 맹장 수술이 전부였고, 환자복을 입고 파리한 안색으로 입원실 창밖을 관조하는 것이 오랜 로망이었으니까. 나는 수술 전날 밤에 입원을 하기로 하고 집으로 돌아왔다.

● ● ●

CT는 살면서 한두 번 찍어본 것 같은데 PET-CT는 처음이었다. 검사받는 느낌도 썩 유쾌하지는 않았다. 촬영 전 '조영제'라는 것을 먹는데 먹고 난 후 몇 시간 동안 시멘트 냄새가 올라오는 것 같았다. 무엇보다 검사 비용이 비쌌다. 굳이 엑스레이를 다시 찍은 것부터 마음에 들지 않았던 나는 도대체 PET-CT 검사가 뭔지 인터넷을 찾아봤다. '양전자 방출 단층촬영'이라고 하는 PET-CT는 주로 암을 조기 진단하기 위해 실시하는 검사였다. 과잉 진료라는 의심이 강하게 들어 친구와 통화를 했다.

"그 새끼 양아치네! 단순 염증 제거하는 수술을 받는데 PET-CT를 왜 찍어?"

"암이 의심되니까 찍어보라고 한 거 아닐까?"

"야! 암이 쉽게 걸리면 그게 암이냐? 그냥 똥 밟았다고 생각해. 너 암 아냐!"

생화학 박사 출신으로 지방대 교수인 진석은 나에게 네이버 지식인 같은 친구다. 어디가 아플 때, 세금에 대한 상담이 필요할 때, 법적으로 사소한 궁금증이 생겼을 때, 그 외에 살면서 다양한 난제 앞에 직면할 때 진석이에게 물어보면 언제나 명쾌한 답이 나오곤 했다. 나는 생전 처음 들어본 PET-CT도 진석이에게는 익숙한 것이어서 간략한 설명을 들을 수 있었다. 진석이와 전화를 끊고 '그럼 그렇지'라는 생각에 마음이 다소 편해지기는 했지만 찝찝함이 완전히 사라지지는 않았다. 설마 암은 아니겠지? 나는 K 병원의 의사가 명의가 아니라 진석이 말대로 양아치이길 바랐다. 암환자가 되는 것보다는 과잉 진료의 호구환자가 되는 것이 그나마 나은 선택지니까.

• • •

수술 전날 입원을 하고 침대에 누워있으니 간호사가 수술 준비를 하러 이비인후과에 내려가보라고 했다. 야심한 밤의 K 병원 이비인후과에는 까치집 머리에 푸석한 얼굴의 젊은 남자 의사가 날 기다리고 있었다. 그의 초췌한 행색에서 고단한 인턴(혹은 레지던트?)의 시간이 느껴졌다.

수술 준비는 다소 민망했다. 원활한 수술을 위해 코털을 제거해야 한다는데, 남자 둘이 얼굴을 맞대고 서걱서걱 가위소리만 들리는 밤의 병원 풍경은 도무지 적응이 되지 않았다. 길게만 느껴졌던 몇 분이 지나고 인턴은 한의원에서 저주파 치료를 받을 때 가슴에 부착할 것 같은 기기와 서류를 건넸다. 수면 무호흡 검사 측정기기와 동의서였다.

"부비동염 수술을 받으려면 수면 무호흡 검사를 해야 되는 건가요?"

"아! 이건 내일 집도하실 교수님이 쓰는 논문에 데이터로 활용될 검사입니다."

"치료가 아니라 교수님 논문 때문에 받는 검사라고요?"

"네. 원치 않으시면 안 받으셔도 됩니다."

"그냥 받을게요(받지 않겠습니다!)."

내일이면 CCTV도 없는 수술실에서 무의식 상태로 의사에게 목숨을 맡겨야 하는 처지다. 예스를 원하는 의사에게 굳이 노라고 대답해 찍힐 필요는 없었다. 염증 제거 수술만 받고 퇴원해 다시 안 보면 그뿐이다. 다음 날 간호사가 끌어주는 바퀴 달린 침대에 누워 수술실로 향했다. 누워서 바라보는 병원 복도의 천장은 지나온 인생을 상영해주는 스크린 같았다. 흰 천장을 바라보고 있으니 몇 분 남짓한 시간에 인생의 희로애락이 주름 펴지듯 펼쳐져 영사기의 필름마냥 빠르게 지나갔다. 마취제가 투여된 후 '이렇게 영원히 잠들어 버리는 건…'까지 생각하다 눈을 떴을 때는 어느새 병실이었다.

코에는 두툼한 거즈가 얼얼한 통증을 부드럽게 덮어주고 있었다. 드라마 같은 데서 보면 마취에서 깼을 때 의사가 간호사와 함께 와서 수술 결과를 설명해주지 않나? 의과대학에서 교수를 역임하고 있다는 바쁜 의사는 이틀이 지나서야 만날 수 있었다.

수술은 잘 끝났고 일주일 후에 병원에 오라고 했다. 수술을 하다 의심스러운 부분이 있어 조직 검사를 했는데 결과가 일주일 후에 나온다고도 했다. 호구, 마루타, 교보재 같은 단어들이 떠올랐다. 중복 엑스레이 촬영에 비싼 PET-CT 검사, 치료와 상관없는 수면 무호흡 검사, 유종의 미로 환자 동의 없는 조직 검사까지! 하지만 퇴원 후 삼 일쯤 지나 콧속에서 투명한 플라스틱 필름 같은 것을 빼냈을 때, 나는 그저 시원하게 숨을 쉴 수 있다는 사실만으로 K 병원의 만행을 너그럽게 용서해주기로 했다.

작가에게 필요한 것

경훈은 책 작업을 같이하면서 알게 된 동갑내기 친구다. 내 두 번째 책의 일러스트를 출판사에서 섭외한 경훈이 그렸다. 인세 계약을 한 날, 출판사에서 나온 우리는 그냥 헤어지는 것도 멋쩍어서 소주를 마시러 갔다. 잘나가는 프리랜서 일러스트레이터, 두 권의 책을 집필한 저자, 월수입 오백만 원 이상 추정, 180센티미터 조금 안 되는 준수한 키에 지적인 외모, 명문대 출신, 미스코리아 스타일 대기업 비서와 결혼했다 이혼하고 재테크에 능한 초등학교 교사와 재혼. 나는 한 번도 못한 결혼을 두 번 씩(심지어 이상적인 테크트리로!)이나 한 경훈을 장난스럽게 타박했지만 딱히 질투심이 생기지는 않았다. 부러워하기에는 내 인생과 너무 달랐다. 그냥 타인에게 자랑하기 좋은 근사한 친구로 지내다가 나는 딱 한 번, 심한 질투을 느낀 적이 있었다.

지금은 접었지만 소설가가 되기 위해 같이 글쓰기 스터디를 하던 시절, 어느 유명 작가의 집들이에서 술을 마시다 나와서 함께 담배를 피울 때였다. 경훈이 담배를 피우다 주머니에서 무언가를 꺼내 입에 대고는 숨을 크게 들이마셨다.

"앗! 너 지금 그거 뭐야?"

"응? 이거, 내가 천식이 좀 있어서…."

"그거 영화에서 천재 해커 같은 애들이 쓰는 거 아냐?"

"해커가 천식 환자일 수는 있어도 모든 천식 환자가 해커는 아니다."

"그런데 무슨 천식 환자가 담배를 피우냐?"

경훈이 사용한 건 천식환자용 인헤일러(Inhaler)라고 하는 휴대용 호흡기였다. 할리우드 영화에서 병약한 천재가 자주 사용하는 바로 그 소품. 한때 깡마른 몸매에 긴 코트, 옆구리에 시집 한 권, 가끔씩 해주는 각혈이 보편적 작가의 이미지였다면, 내가 추구하는 작가의 필수품 신상은 천식환자용 호흡기였다. 담배 연기를 한 모금 내뿜고 호흡기를 사용하는 경훈은 완벽한 작가의 모습이었다. 나는 경훈에게 한 번도 느껴보지 못한 강렬한 시샘을 애써 감추고 구입처를 물어봤다.

"이거 사게? 너도 천식 있어?"

"있어야지. 걸릴 거야! 그거 어디서 팔아?"

"약국에서 파는데 처방전 있어야 살 수 있을걸?"

"아! 작가에게 지병은 필수인데 나는 모냥 빠지게 맨날 비염에 콧물이나 질질 흘리고 안 도와주네."

경훈의 헛헛한 웃음소리가 실없는 내 말에 대한 반응이었겠지만, 나에게는 어쩐지 승자에게만 허락된 세리머니처럼 의기양양하게 들렸다. 나는 경훈에게 이길 수 있는 부분이 아무것도 없구나, 라고 생각했다.

· · ·

부비동염 제거 수술을 받은 지 일주일이 지났을 때, 나는 K 병원에 가서 의사를 만났다. 근엄하고 무뚝뚝했던 의사가 무슨 좋은 일이라도 있는지 표정이 밝아 보였다. 의사는 지난번 촬영했던 흑백의 PET-CT 검사 결과 이미지를 모니터에 띄워놓고 입을 뗐다.

"좋은 소식과 나쁜 소식이 있는데 무엇부터 말할까요?"

"나쁜 소식이 뭔가요?"

"여기 하얀 부분 보이시죠? 혹시나 하고 해봤던 조직 검사에서 암세포가 발견됐습니다."

"네? 암세포요?"

"비강형 NK/T 세포 림프종이라고 임파선암이라고도 하는 혈액암의 일종입니다. 좋은 소식은 아직 말기가 아니라 항암 치료를 받으면 나을 수 있다는 겁니다."

드라마나 영화를 보면 이 대목에 충격을 받고 말을 잇지 못하는 장면이 나온다. 하지만 나는 시험 본다는 말에 시험 범위를 묻는 학생처럼 차분하게 궁금한 것들을 물어보기 시작했다. 원래 나는 겁 많고 소심한 사람인데, 좀 의외였다

"제가 술, 담배 많이 해서 암에 걸린 건가요? 아니면 스트레스나…."

의사가 가볍게 웃으며 대답했다.

"암은, 그냥 재수 없으면 걸리는 겁니다. 술을 마시지 않아도 간암에 걸리고 담배를 피우지 않아도 폐암에 걸립니다. 현대 의학으로 원인을 알 수 있는 암은 생각보다 많지 않습니다. 그저 의심 가는 안 좋은 것들을 조심하라고 말할 뿐이죠."

예상하지 못한 의사의 시니컬한 대답에 나는 살짝 당

황했다. 암 선고를 받을 때 클리셰를 거부할 용자는 많지 않을 것이다. 나 또한 좋은 작가는 아니어서 식상하고 진부하지만 가장 궁금한 질문을 했다.

"저에게 남은 시간이 얼마나 될까요?"

"그건 환자도 모르고, 의사도 모르고, 하느님도 모릅니다. 괜찮아 보이던 환자가 일주일 만에 죽기도 하고, 위독해 보이던 환자가 고비를 넘기며 몇 년을 더 살기도 합니다."

"틀려도 좋으니 대충이라도 말해주실 수 없을까요? 지금 상황이 전혀 감이 안 잡혀서요."

"무책임한 말이지만 굳이 얘기하자면, 치료를 받지 않을 경우에 짧게는 육 개월, 길게는 이 년 봅니다."

"치료를 받으면요?"

"림프종이 고약한 암입니다. '모든 림프종은 악성'이란 말이 그래서 있는 겁니다. 전에는 완치율이 20퍼센트 남짓이었는데 이제는 약도 좋아지고 50퍼센트 정도로 오른 수준입니다. 치료 후 오 년 동안 재발이 없어야 완전 관해라고 하는데, 그 후는 환자가 관리하기 나름입니다."

의사는 무척 희망찬 어조로 완치율 50퍼센트를 얘기했다. 둘 중 한 명이 산다는 건 둘 중 한 명이 죽는다는 이야기다. 누군가 두 개의 알약을 주며 "한 개는 타이레놀이고 한 개는 독약입니다"라고 하면 선뜻 골라 먹을 수 있을까? 둘도 없는 친구와 같이 항암 치료를 받는데 "한 명은 통계적으로 죽습니다"라고 하면 어떤 선택을 해야 할까? 의사가 양아치이기를 바랐지만 불행히도 내가 만난 의사는 명의였다. 의사가 내 목숨을 걸고 가급적 빨리 동전 던지기를 하라고 한다. 얄궂다.

● ● ●

택시를 타고 집으로 돌아오는 길에 가장 먼저 생각난 사람은 경훈이었다. 사랑하는 부모님도 아니고, 평소 마음에 두고 있던 그녀도 아니고. 물론 경훈이도 좋은 친구지만 가장 친한 친구 일성이가 있는데 암 선고를 받고 경훈이를 먼저 떠올리다니. 신이 작가 포스가 부족한 나에게 무려 시한부 인생을 쾌척한 것이다. 방광암이나 유방암이 아닌 혈액암인 것도 조금 근사하게 느껴졌다. 부위가 비강이란 것이 완벽하게 그럴듯하지는 않아도 말이다. 작가의 지병 배틀에서 경훈을 압도할 수 있다는 생각에 호탕하게 웃고 싶었지만, 바람과 달리 내 표정은 자꾸 굳어지기만 했다. 나는 동네 편의점에서 소주 두 병과 스윙칩, 비엔나소시지를 사서 조용히 귀가했다.

진짜로 거짓말 같은 하루

막 대학생이 되었을 때, 나는 놀랍게도 여자아이들에게 인기가 있었다. '작은 키에 평범한 얼굴, 보잘것없는 주머니 사정, 특별히 잘하는 것 없음'의 나를 도대체 왜? 그저 어안이 벙벙했다. 태어나서 처음 겪어보는 미스터리한 사태에 '이게 될까?'란 심정으로 같은 과 귀여운 희정이에게 데이트 신청을 했다.

"같이 동물원 콘서트 보러 가지 않을래?"

희정이는 수줍게 승낙했다. 희정이와 콘서트를 보고 온 저녁에 더 놀라운 일이 벌어졌다. 우리 과 퀸카 수영이에게 집으로 전화가 왔다.

"희정이랑 콘서트 보고 왔다며? 좋았겠네."

무슨 상황인지 감조차 잡히지 않았다. 당시의 나는 모태솔로 숙맥이었지만 왠지 좋았다고 자랑하면 안 될 것 같은 분위기였다. 아무 말 대잔치로 변명하던 나에게 수영이의 직구가 날아왔다. 자기랑도 콘서트 보러 가자고. 며칠 전 봤던 동물원 콘서트를 다시 보러 간 날, 분위기는 후끈 달아올라 말 그대로 오늘부터 1일이었다. 아직도 기억하는 그날은 4월 1일이었다. 만우절에 거짓말 같은 하루가 펼쳐진 것이다. 이후 꽤 오랫동안 내 모든 비밀번호는 0401이었다.

그렇게 인생에서 가장 인상적이었던 하루는 이십여 년을 훌쩍 건너뛰어 짓궂은 악연으로 다시 찾아왔다. 2017년 4월 1일. 나는 사망 선고 같은 암 선고를 받았다. 매일 똑같이 반복되는 하루에 딱히 남길 것도 없던 나의 페이스북. 이 정도면 만우절 특급 콘텐츠란 생각이 들었다.

글을 올리기 전에 베프 일성이에게 카톡을 보냈다.

바쁘냐?

그냥저냥. 오늘 병원 간다고 하지 않았었나?

갔다 왔어. 별거 아냐. 암이래!
(몇 분 동안 없어지지 않는 읽음 확인 숫자 1)

담배 끊읍시다!

헛웃음이 나왔다. 베프가 암에 걸렸는데 고작 한다는 소리가 '담배 끊읍시다!'라니. 일성이는 특별한 순간에만 존댓말을 한다. 대답을 보내기 전의 침묵 속에서 일성이의 당혹스러움이 느껴졌다. 자연스럽게 무슨 말이라도 건네야 한다는 생각에 자기도 큰마음 먹고 담배를 끊을 테니 같이 노력해보자란 의미로 '끊어!'가 아니라 '끊읍시다!'라고 보냈으리라. 이런 순간에 친구의 능숙한 위로보다 서글픈 건 없을 것이다. 곧바로 걸려온 일성이의 전화 목소리에서도 어설픈 침착함이 고스란히 묻어났다. 대충 상황 보고를 하면서 곧 만나자는 약속을 잡고 통화를 끝냈다.

●   ●   ●

페이스북에서의 반응은 조금 달랐다. 댓글 수로만 보면 기존의 그 어떤 게시물보다 호황을 이뤘지만, 마치 '지인이 불행한 일을 겪었을 때는 이렇게 말해주세요!'라고 알려주는 매뉴얼이라도 있는 것처럼 다들 정답 같은 위로를 건넸다. 글을 올리고 얼마 지나지 않아 몇 명의 지인에게 전화가 왔다. 힘내세요! 힘낼게요! 비슷한 내용의 통화를 몇 번 마쳤을 때 경훈에게서도 연락이 왔다.

"글 봤다. 다른 병원에도 가봤어?"

"아니, 일산 K 병원만 간 거지."

"정확히 병명이 뭐야?"

"비강형 NK/T 세포 림프종이래."

"내가 한 번 더 알아볼 테니 다른 병원에도 가봐. 밑져야 본전이니까."

나중에 안 사실이지만 암 선고를 받으면 흔히들 한두 군데 다른 병원에도 가본다고 한다. 목숨 걸고 받아야 하는 항암 치료 전에 한 번 더 확인하고 싶은 욕망은 이해가 갔지만, 무시무시한 암 선고를 또 받는 것이 선뜻 내키지는 않았다. 나는 경훈에게 가보겠다는 대답 대신 고맙다는 말을 하고 통화를 끝냈다.

● ● ●

내가 가입한 암 보험은 두 건이었다. 우체국보험과 S 화재보험. 생명보험협회와 손해보험협회에서 운영하고 있는 '내보험 찾아줌' 홈페이지에서 확인할 수 있었다. 우체국 암 보험금은 삼천만 원, S 화재는 오천만 원이었다. 고액암에 해당할 경우는 두 배로 지급된다고 나와있었다. 림프종은 악성이라는 수식어가 늘 따라다니는 암 답게 포스 있는 고액암에 해당했다.

조회 내역에는 일 년 전 계약을 해지한 A사 생명보험도 있었다. 사실 암에 걸리기 전에는 매달 내는 몇만 원의 보험금이 아까웠다. '죽을병 걸려서 받는 돈이 기쁠까?', '설마 암에 걸릴까?'란 안이한 생각에 유독 아까운 지출이었다. 몇 년간 납부하던 A사 생명보험도 그런 생각으로 해지했었다.

해지를 안 했다면 몇십만 원 더 내고 일억 원 더 받을 수 있었는데. 속이 쓰렸지만 그럴 때가 아니었다. 보험사 놈들이 어떤 놈들인데, 남아있는 보험이라도 신경 쓰는 것이 먼저였다. 보험금을 호락호락 주지 않을 것은 불 보듯 뻔한 일. 나는 기꺼이 에린 브로코비치가 되리라 다짐했다.

길고 긴 싸움을 시작하기 위해 변호사인 친구, 보험회사에 다니는 동창 등을 떠올리며 보험금 수령 절차를 알아봤다. 병원에서 몇 가지 서류를 떼어 보험회사에 우편으로 보내는 것이 첫 번째 절차였다. 서류를 검토해 허점을 찾아내고 말도 안 되는 이유를 들며 으름장 놓는 보험회사 영업사원의 모습이 떠올랐다. 암까지 걸린 마당에 나도 이판사판이다. 각종 보험 관련 분쟁 사례들을 보며 공부하기 이틀, 경망스러운 알람 소리와 함께 카톡이 도착했다.

김별로 님에게 암 보험금 1억 원이 지급되었습니다!

스마트폰으로 잔액을 확인해보니 통장에는 생애 처음 아홉 자리의 숫자가 비현실적으로 찍혀있었다. 이렇게 큰 금액의 보험금을 고객 한 번 만나보지도 않고 서류 검토만으로 지급한다고? 관련 서류를 제출하는 것은 첫 번째 절차이자 마지막 절차였다. 초스피드로 지급된 보험금에 어안이 벙벙하다가 비로소 실감이 났다. 악랄하다는 보험사마저 순순히 돈을 내어줄 정도로 내가 불쌍한 처지가 됐구나. 진짜 죽을병에 걸린 게 맞구나.

거짓말 같은 일이 진짜로 나에게 벌어졌구나!

불면의 밤에 꾸는 꿈

살아오면서 맞닿은 죽음은 언제나 남의 일이었다. 뉴스로 만나는 죽음은 안타까웠고 친구, 친척, 가족의 죽음은 슬펐다. 모든 사람은 죽고 나도 언젠가는 죽을 테지만 막연함이 공포로 바뀐 적은 거의 없었다. 비슷한 느낌을 받은 경험이 있긴 하다. 비 오는 날 직접 운전해 춘천에 다녀오다 덤프트럭과 충돌할 뻔한 적이 있다. 다행히 아슬아슬하게 피해 큰 사고는 면했다. 그때가 내 인생에 죽음이 가장 가깝게 다가온 순간이었다. 그게 다였다. 결혼도 못했고, 돈도 못 모았고, 사회적으로나 국가적으로 의미 있는 업적을 이룬 것도 없는 흔하고 별볼일 없는 인생. 내가 죽으면 친구 몇 명과 가족은 슬퍼

하겠지만 정작 나 자신은 죽음 앞에 무심했었다.

"불의의 사고로 갑자기 죽는다고 해도 딱히 아까울 것
없는 인생이군!"

술에 취해 기분이 다운되기라도 하면 쿨병에라도 걸
린 것처럼 그렇게 중얼거렸다. 오만이었다. 암 선고를 받
고 죽음이 코앞(하필 발병 부위도 비강이라니!)에 닥치니 죽
음이 실감나게 무서워졌다. 일주일 정도를 거의 못 잤다.
미지에서 비롯된 공포 때문에 몸이 덜덜 떨릴 정도로 무
서워 도무지 잠을 이룰 수가 없었다. 진짜로 죽는 건가?
죽으면 어떻게 되지? 죽다 살아난 사람은 있어도 죽어본
사람은 한 명도 없으니 참고할 누군가도 없었다.

암 선고 이전에 죽음에 대한 간접경험은 주로 악몽에
서였다. 털북숭이 괴물에게 쫓기다 벼랑에서 떨어지기
전에, 극악무도한 살인마에 쫓기다 칼에 찔리기 전에, 비
행접시에 납치되어 생체 해부를 당하기 전에도 결정적인
순간에는 눈이 떠졌다. 식은땀에 베개가 젖고 가쁜 숨을

몰아쉬면 어느새 죽음에 대한 공포는 꿈속으로 사라져 금세 일상을 시작할 수 있었다. 죽음은 그렇게 악몽 속에서만 존재하는 것이었다.

암은 달랐다. 해가 뜰 때까지 불면의 밤을 보내다 지쳐 잠들고, 그러다 눈을 떠도 악몽이 계속되었다. 잠이 덜 깨 비몽사몽을 헤매다가도 '맞아. 나 암에 걸렸지…'란 생각으로 하루를 시작했다. 죽음은 더 이상 남의 일이 아니었다.

· · ·

한숨만 쉬며 밤을 지새울 수 없어 책을 읽기 시작했다. 머릿속이 복잡해 독서가 불가능했지만 항암 서적만은 예외였다. 나는 책을 네 권이나 집필했음에도 평소 독서보다는 영화나 TV 보는 것을 즐겼던 부끄러운 저자다. 신기하게도 항암 서적은 머리에 쏙쏙 들어왔다.

《림프종에 대한 100문 100답》을 읽었다. 림프종의 종류도 오십 가지나 된다는 것을 알았다.

《암의 진실》을 읽었다. 임성한 작가가 얘기한 '암세포도 생명인데'란 대사가 어떤 측면에서 헛소리만은 아니라고 생각됐다.

《암이란다. 이런 젠장…》을 비롯해 여러 권의 일기 형식 에세이를 읽었다. 저자들의 근황이 궁금해 검색을 해보니 대부분 고인이 되었다.

《항암제로 살해당하다》라는 세 권의 시리즈를 읽었다. 현대 의학과 반목하며 살아남아야 하는 대체 의학 서적의 태생적 한계 때문에 자극적인 내용이 많았지만 불량식품처럼 맛있게 읽었다.

《암환자를 살리는 바보 의사》를 읽었다. 공감되는 내용이 많아 저자가 운영하는 시설을 알아봤다. 비싸 보였다.

《의사에게 살해당하지 않는 47가지 방법》을 읽었다. 비슷한 책을 여러 권 쓴 저자 곤도 마코토는 과격한 대체 의학의 선봉장이 되려고 작정한 캐릭터 같았다.

《하루 한 끼의 기적》을 읽었다. 저자 이태근은 MBC 스페셜 다큐멘터리 〈목숨 걸고 편식하다〉 편을 통해 우연히 알게 된 사람이다. 만성 신부전증으로 신장 이식수술을 받았는데, 목숨을 걸고 자연치유에 도전해 면역억제제를 먹지 않고 건강한 몸을 유지하고 있다고 했다. 리포터는 의학계에 보고된 적 없는 최초의 사례라고 호들갑을 떨었다. 특히 인상 깊었던 것은 이태근 씨가 집에 있는 수백 권의 의학 서적 앞에서 도인처럼 얘기한 장면이다. "우리가 먹는 것이 곧 우리 몸을 이루지요. 그게 자연의 이치지요"라고 말하는 그는 확실히 뭔가 알고 있는 것 같았다.

《아픈 몸을 살다》를 읽었다. 서른 권 가까이 읽은 암 관련 서적 중 최고였다. 표지만으로도 암이라는 질병의 모든 것을 말하는 책이었다. 괴물과 싸우는 암환자, 기도를 하고 응원을 하는 의료진과 가족, 친지들. 그러나 함께 싸울 수는 없다. 나는 한참 동안 표지를 보고 있었다.

• • •

대부분의 항암 서적 도입부에 공통적으로 언급되는 내용이 있다. 부정, 분노, 타협, 우울, 수용. 암환자가 되면 겪는 다섯 가지의 감정 상태라고 한다. 책에서는 순차적인 단계라고 나와있었지만 꼭 그렇지만도 않았다. 우울하다가 문득 화가 나기도 하고 받아들이다가도 나한테 일어난 일이 믿기지가 않았으니까.

나만의 필승 항암 전략을 찾기 위해 책을 읽은 건 아니었다. 적어도 책을 읽는 동안에는 나쁜 생각에서 벗어날 수 있었고, 암환자로서 내가 걸린 병에 대한 최소한의 지식을 얻고 싶었다. 현대 의학을 옹호하는 책보다는 자연치유나 대체 의학을 다룬 책을 더 많이 읽었지만 수상쩍은 주장들은 걸러내고 보편적이고 상식적인 선에서의 교집합 정보들이 쌓이기 시작했다.

술과 담배를 끊을 것. 당분과 염분을 멀리할 것. 밥은 현미로 먹을 것, 육류보다 채소가 좋지만 채식주의자가 될 수 없다면 붉은 고기(소, 돼지)보다 하얀 고기(닭, 오리, 생선)를 먹을 것. 스트레스, 가공식품, 인스턴트 제품은 금물, 맑은 공기(피톤치드)와 깨끗한 물을 마실 것 등이다.

평소 즐겨 보던 〈나는 자연인이다〉라는 프로그램이 생각났다. 그 프로그램에서는 유독 몹쓸 병에 걸려 병원에서도 포기한 출연자가 자연에서 새 삶을 얻은 사연이 자주 등장했는데, 그들이 먹고 마시고 행하는 것들이 항암 서적에서 주장하는 것과 같았다. 나는 서울에서 나고 자라 자연에서 지낸 경험은 군대 시절이 유일했다. 낚시는 좋아하지만 살아있는 물고기를 못 만질 정도의 심약자이고, 네 발 달린 짐승 외 대부분의 생명체를 무서워한다.

자연치유를 강력하게 주장하는 항암 서적을 며칠 읽었더니 항암제와 방사선 치료를 받으러 병원에 가는 것이 조금 망설여지기 시작했다. 그렇다고 홀로 산속에 들어가 자연인 생활을 하며 암을 극복하는 것도 요원했다. 〈궁금한 이야기 Y〉에서 무서운 내용이라도 다룬 날이면 불도 못 끄고 잘 만큼 겁 많은 독거 중년이었으니까. 어느덧 불면의 이유가 죽음에 대한 공포에서 치료 방법에 대한 망설임으로 바뀌어가고 있었다. 나는 어떤 선택을 해야 할까?

내가 선택한 사이드웨이

경훈에게 연락이 온 건 '더 이상 항암 서적은 보지 않아도 되겠다'라고 생각할 때쯤이었다. 대부분의 암환자처럼 병원에 입원해 의사에게 모든 것을 맡길 것인지, 서른 권의 항암 서적 독파를 통해 얻은 나만의 항암 전략으로 자연치유에 도전할 것인지, 최종 선택만을 남겨둔 상황이었다.

"아직 항암 치료 시작 전이지?"

"응. 자꾸 생각이 많아지네."

"지금 카톡 보냈으니까 예약하고 한번 찾아가 봐. 우리나라에서 림프종으로는 현재 가장 핫한 의사래."

"너는 결혼 두 번 하고 나는 암 선고 두 번 받고. 그러면 세상이 너무 불공평하지 않냐?"

"좋은 의사 만나서 치료 잘 받고 다 나은 후에 결혼 세 번 하면 되지!"

경훈이 알려준 의사는 우리나라에서 가장 유명한 병원 중 한 곳에 있었다. 썩 내키지는 않았지만 언제 끝날지 모를 긴 항암 치료를 며칠 늦게 시작한다고 크게 문제 될 것 같지도 않았다. 예약을 하고 삼 주 정도 기다린 후 일산 K 병원에서 서류를 떼어 가장 '핫'한 의사를 만나러 갔다. 진료실 앞에는 우리나라 최고의 림프종 권위자에게 진료를 받기 위해 기다리는 환자가 무척 많았다. 시간 맞춰 갔음에도 불구하고 한 시간 정도를 기다린 후에야 의사를 만날 수 있었다. 진료실에는 나보다 다섯 살 정도 어려 보이는 남자 의사가 날 기다리고 있었다.

"림프종이네요. 왜? 치료 받아야지."

아! 의사의 말투가 내가 가장 싫어하는 반 야자였다. 혹시나 의사가 동안이고 차트를 통해 자신이 연장자임을 확인했다고 하더라도 초면에 반 야자는 질색이다. 〈악마를 보았다〉란 영화의 한 장면이 떠올랐지만 나는 최민식이 아니었다. 잠자코 의사의 말을 들을 수밖에 없었다.

"항암 치료랑 방사선 치료 빨리 시작해야죠. 뭐가 문젠데?"

"그게 제가 치료를 안 받을 건 아닌데 혹시나 자연치유를 하게 된다면 특별히 조심해야 할…."

"나가!"

"네?"

"나가세요! 지금 내가 살려야 할 환자가 몇 명인데! 당신이랑 시간 낭비할 만큼 한가하지가 않아. 자연치유 한다며? 알아서 하시고, 간호사!"

순식간에 밖으로 쫓겨난 나는 한동안 멍하니 서서 무슨 일이 일어났는지를 복기했다. 차례를 기다리는 진료실 앞 환자들에 대한 미안함과 자연치유에 대해 물어본 것이 이렇게 쫓겨날 일인지에 대한 분노가 섞여 어떤 행동을 취해야 할지 혼란스러웠다. 그래도 암 선고를 받은 환자가 도움을 받기 위해 일부러 예약을 하고 찾아왔는데. 무작정 항암 치료를 받고 싶은 생각이 사라진 것만은 확실했다. 죽을 때 죽더라도 우리나라에서 가장 무례할 것 같은 의사에게 내 목숨을 맡기고 싶지 않았다.

● ● ●

와인을 다룬 영화 중 가장 인상적이었던 작품은 〈사이드웨이〉다. 내용도 재미있었지만 한창 와인 공부를 하는 시기에 봤던 영화라 등장하는 와인에 더 관심이 많았다. 명장면은 주인공이 사랑하는 사람이 생기면 따려고 했던 슈발 블랑을 실연 후 맥도날드에서 햄버거와 함께 먹는 순간이다.

솔직히 나는 보르도 9대 와인 중 제대로 마셔본 와인이 하나도 없다. 가장 비싼 와인 중에 하나라고 하는 페트뤼스는 일본 여행 갔다 들른 와인숍에서 점원 몰래 한 번 만져본 것이 전부이고, 샤토 마고는 아는 형님이 운영하던 와인 바에서 누군가 전날 마시고 간 빈 병을 혹시나 하는 마음에 거꾸로 들어 두 방울 맛본 게 전부다. 그 외에는 9대 와인에 속하니 마니 말들이 많은 샤토 오존을 큰마음 먹고 일본에서 사왔다가, 친구와 소주를 잔뜩 마시고 만취 상태에서 개봉해 영아살해(개봉 적기가 되기 전에 못 참고 고가의 와인을 따는 행위를 표현하는 와인 애호가들 사이의 은어)를 한 아픈 기억이 있다.

암환자가 된 후 일단은 술과 담배를 끊어야겠다고 생각했다. 술을 끊기 전 마지막으로 딱 한 병만 마시고 말이다. 나는 심사숙고했다. 평소에 즐겨 마시던 소주를 마실 것인가? 가장 이상적인 온도로 보관된 시원한 생맥주를 한 잔? 아직 정신 못 차린 암환자는 코스트코에 갔다가 우연히 슈발 블랑을 발견했다. 한 병에 무려 칠십팔만 원짜리 슈발 블랑이 자물쇠가 채워진 유리 보관함에서 고고한 자태를 뽐내고 있었다. 마지막으로 마시는 와인 한 병인데…. 질렀다!

〈사이드웨이〉의 주인공처럼 애인이 없다고 슈발 블랑을 맥도날드에서 혼자 먹을 수는 없었다. 마침 일본에서 의젓하게 살고 있던 친구 공제가 암에 걸린 나를 보러 귀국한 상황. 공제는 내가 아는 사람 중 손꼽히는 와인 애호가이기도 했다. 결국 인천 공항이 창밖으로 보이는 어느 비즈니스호텔에서 공제와 슈발 블랑을 마시기로 했다.

"당분간 내 인생의 마지막 와인이다."

"마지막 앞에 당분간은 왜 붙는 거냐?"

"자연치유를 하든 항암 치료를 받든 완치 판정을 받는 날, 로마네 콩티를 마실 거다!"

"디알시는 열두 병 박스로 파는 거 알지? 돈 있다고 구할 수 있는 것도 아니지만, 혹시나 구해도 내가 들어봤던 가격이 삼천만 원이었어."

"완치만 되면 보증금 삼천에 월세 오십짜리에 살고 있어도 방 빼서 마실 거야!"

솔직히 말해서 희망에 차 얘기한 건 아니었다. 오히려 반대였다. 남의 일 같던 암이 내 것이 된 지금, 이제는 완치가 남의 일처럼 여겨졌기에 로마네 콩티든 페트뤼스든 공수표를 남발했다. 몇 년 전에 샤토 오존을 마셨을 때와 순서만 바뀌었을 뿐, 슈발 블랑을 다 마신 공제와 나는 편의점에서 맥주와 소주, 육포 등을 사 와서 밤새도록 술을 마셨다. 울지는 않았다.

웬만하면 암에 걸리는 방법

암환자가 되면 누구나 인생을 돌아보게 된다. 어디서부터 잘못된 걸까? 하고많은 사람 중에 왜 하필 내가 걸린 거지? 소 잃고 외양간 고치듯 어리석은 반추를 하다가 놀라운 사실을 깨달았다. 나는 누가 시킨 것도 아닌데 암에 걸리기 위한 조건을 완벽하게 충족하며 살아왔다. 인터넷과 TV, SNS상에 암과 관련된 정보는 넘쳐 난다. 암을 유발하는 음식, 면역력이 올라가는 생활 습관, 항암에 좋은 성분 등. 가만히 대입해보니 나는 좋은 것을 굳이 멀리하고 나쁜 것만 콕 집어 선택하며 살아온 것이다.

튀김은 암을 유발한다. 기름에 열을 가하면 트랜스 지방산이 만들어지는데 몸에 안 좋은 성분이란다. 내가 가장 좋아하는 음식은 '돈까스'다. 표준어는 돈가스이지만 '돈까스'로 쓴다고 아무도 태클 거는 사람이 없던 시절부터 좋아했다. 심지어 돈가스의 탄생과 변천사를 다룬 책 《돈가스의 탄생》을 사서 볼 정도였다.

햄이나 소시지 같은 가공육도 미국암협회에서 지정한 1급 발암물질이다. 동급의 해로운 발암물질 목록에 담배가 있을 정돈데 우리나라에서는 고마운 이에게 명절 선물로 준다. 물론 나는 자주 즐겨 먹었다. 전자레인지에 돌려 옆구리가 터진 비엔나소시지나 프라이팬에 튀기듯 구운 스팸이 최고의 혼술 안주란 걸 아는 사람은 안다. 맛있게 먹고 나면 담배 한 개비도 꼼꼼하게 챙겼다.

맵고 짜고 단 것도 멀리했어야 했다. 떡볶이란 말만 들어도 코에 송골송골 땀이 맺히는 다한증 수준의 체질임에도 엽기적인 떡볶이를 정기적으로 시켜 먹었다. 입이 얼얼할 정도로 자극적인 음식이 몸에 좋을 리 없다는 걸 알았지만 나름 변명을 해보자면 스트레스 해소를 위해서였다.

어떤 전문가는 스트레스를 가장 위험한 암 유발 요인

으로 꼽는다. 스트레스는 둥글둥글 무던한 성격의 사람보다 나처럼 예민한 까칠남에게 단골로 찾아온다. 택시탈 때, 식당에서 주문할 때, 극장에서 영화 볼 때. 도처에 숨어있다 출몰하는 무례한 빌런들이 숱하게 거슬렸으니 나는 확실히 예민한 까칠남이 맞다.

오염된 공기는 서울에서 나고 자란 나에게 어쩔 수 없는 것이었다고 해도, 주말마다 산을 찾는 취미라도 가졌다면 좀 나았을 거다. 군대에 다녀온 뒤부터 산이 싫었다. 한 달 내내 산속에 처박혀 진지 보수공사 훈련이라는 미명하에 삽질, 곡괭이질, 톱질, 망치질과 허리 건강을 바꾸고 나면 누구라도 산이 싫어질 것이다.

규칙적이고 충분한 수면 습관은 야근이 열정으로 둔갑한 2000년대에 직장 생활을 하며 잃어버린 지 오래다.

몸에 좋은 홍삼 챙겨 먹듯 몸에 나쁜 믹스커피 다섯잔 이상을 매일 마시고, 이틀에 한 번꼴로 짜장라면 두봉지씩, 지겨워지면 비빔라면 두 봉지씩! 또 뭐가 있을까? 기억력 감퇴 증상은 일주일에 칠 일 정도 술을 마셔뇌세포가 남아나지 않아 그런 거겠지.

• • •

모든 것을 바꾸기로 결심했다.

밥은 백미 대신에 현미를 먹을 것! 인터넷에는 화식보다 생식이 좋다며 물에 불려 먹는 극단적인 방법까지 나와있었다. 돈가스를 비롯한 튀김도 먹지 말아야 한다. 구두도 튀기면 맛있다는 말은 누가 처음 했을까. 이제 돈가스는 구두로 만든 음식이라고 마인드 컨트롤을 해야 한다. 발암의 주적은 염분과 당분. 아예 간을 하지 않고 요리해서 원재료가 품고 있는 본연의 풍미를 느낀다면 불가능한 것도 아니다. 술, 담배 끊는 것은 기본 중의 기본이다. 모든 인스턴트 음식과도 이별이다. 라면 대신 국수를 삶아 먹고, 달콤한 믹스커피는 쓴 원두커피로 바꿔야 한다. 스팸과 소시지는 언감생심이고 육류 자체를 먹지 말 것! 과일만 먹고 사는 프루테리언도 있는데 베지테리언은 양호하다. 못 될 것도 없다. 암환자를 넘어 스님의 식단 수준으로 먹거리를 점검하니 변화는 바로 일어났다. 몸이 가벼워지고 정신은 맑아졌으며 피부까지 매끄러워졌다.

몸 안 점검을 마쳤다면 몸 밖 점검을 할 차례다. 나는 군대 시절을 제외하고는 한 번도 살아본 적 없는 서울 바깥 지역으로 이사를 결정했다. 기준은 딱 하나, 모든 항암 서적에서 한목소리로 강조한 피톤치드였다. 병원에서도 포기한 사람들이 자연으로 들어가 기적처럼 병이 낫는 이유는 먹거리보다 환경이 크다고 생각했다. 몸에 좋은 약초를 캐러 산을 누비다 보면 호흡이 가빠져 더 많은 산소가 필요해진다. 그렇게 더 많이 들이마시는 피톤치드 섞인 맑은 공기가 기적의 비결이라고 생각했다. 피톤치드를 가장 많이 뿜어내는 나무는 편백나무다. 나는 등산 전문가인 후배의 도움으로 우리나라에서 편백나무가 가장 많은 곳이 전라남도 장성의 축령산이라는 것을 알아냈다. 망설일 이유가 없었다. 나는 사전 답사를 위해 보험금으로 구매한 천만 원짜리 중고차를 몰고 전라남도 장성으로 내려갔다.

• • •

부랴부랴 도착한 장성에는 안개가 자욱이 끼고 비까지 내리고 있었다. 축령산에 들어가기 위해서는 추암마을이란 곳을 지나쳐 가야 했다. 멀리 추암마을이 시야에 들어왔을 때 음산한 날씨 때문인지 기분이 묘했다. 나는 이곳에서 끝내 죽을까, 아니면 건강을 회복해 서울로 돌아갈 수 있을까. 착잡한 생각을 하며 진입한 마을 분위기는 다른 산 아랫마을들과 달라 보였다. 민박집이나 펜션이 띄엄띄엄 있는 풍경은 비슷했지만 플래카드나 투박한 입간판들에 써진 내용이 축령산의 정체성을 말해주고 있었다.

장기 투숙 환영.

항암 약초 다수 있음.

어르신 목욕시켜드립니다.

사포닌 함유량 인삼의 60배인 삼채 있음.

자연치유를 하는 암환자 투숙객이 많다는 건 장성에 내려오기 전 인터넷 검색을 통해 알고 있었다. 축령산의 숲 이름도 '치유의 숲'이었다. 나는 암세포와 싸울 장소를 제대로 골랐다는 확신과 함께, 암환자들이 모여있는 곳이란 사실에 부담도 느끼고 있었다. 사실 나는 암환자가 된 후 위로와 더불어 각종 정보를 수월하게 얻을 수 있는 림프종 환우들의 온라인 카페 가입을 애써 외면했었다. 나도 암환자이지만 암환자들과 어울리기 싫었다. 건강을 위해 축령산에 자주 갈지라도 지척의 마을로 이사 가는 것을 꺼린 이유였다.

나는 장성에서 비교적 멀지 않은 고창에 가보기로 했다. 그리고 기껏해야 하루 머문 고창이 별다른 이유 없이 마음에 들었다. 솔직히 고백하면 고창이라는 이름이 괜히 좋았다. 인구가 줄어드는 지방 소도시의 특성상 빈집이 많아 이사할 곳을 구하는 것은 일사천리였다. 적당한 부동산을 골라 들어가 반전세 투룸을 본 그 자리에서 계약을 하고 서울로 올라왔다. 일주일 후부터 나는 고창군민이다.

고창에서 리셋 버튼을 누르다

이사 후 가장 먼저 해야 할 일은 확정일자를 받고 전입 신고를 하는 것이다. 나는 동네를 둘러볼 겸 걸어서 고창 읍사무소에 찾아갔다. 문을 열고 들어가니 사람들이 미어캣처럼 일제히 나를 쳐다봤다가 찌찌뽕 같은 상황에 멋쩍어하며 또 한꺼번에 고개를 숙였다. 작은 공간에서 대여섯 명이 근무 중이었는데 딱히 바빠 보이지는 않았다. 그들은 내가 이방인이라는 것을 한눈에 알아본 듯했다. 한 직원에게 다가가 인사를 하고 용건을 말할 때도 읍사무소에 있는 모든 직원이 나를 의식하고 있다는 느낌을 받았다. 이 장면을 만화로 표현했다면 그들의 한쪽 귀를 엄청나게 크게 그렸을 것이다. '조용하고 별일 없는 동네에 처음 보는 얼굴의 저 사람은 무슨 일로 왔을까'라는 생각을 하고 있으려나. 나는 고창에서 처음으로 만난 사람들이 귀여워 보였다.

"오늘 이사 왔는데요. 확정일자랑 전입신고 때문에….”

"어디서 오셨어요?”

"서울에서요.”

"일 때문에 이사 오신 건가요?”

"아뇨. 그냥 겸사겸사.”

"완전히 이주하신 건가요?”

임부복을 입은 한 여직원이 꼬치꼬치 캐묻다가 담당 업무는 군청 소관이라고 했다. 잘못 찾아온 민원인에게 왜 자꾸 이것저것 물은 건지 허탈했다. 인사를 건네고 군청으로 가려는데 여직원이 안내를 자청했다. 무거운 몸을 이끌고 굳이 그럴 필요 없다고 했지만 여직원은 괜찮다며 나를 앞질러 갔다. 나는 과한 친절의 속내를 곧 알 수 있었다.

"혹시 고창에 이사 오게 된 걸 제 권유 때문이라고 해도 될까요?"

지방 소도시의 인구 감소가 심각한 문제라는 건 익히 알고 있었다. 다른 지역에서 이사를 오면 전입자에게 이 것저것 혜택을 많이 준다는 것도 안다. 자신이 근무하는 지역으로의 이주에 일조한 공무원에게도 가산점 같은 것이 있나 보다. 군청 담당 창구에서 깨금발을 하고 자 신의 노고를 강조하는 읍사무소 여직원을 보며 나는 빙 그레 웃었다. 내가 고창으로 이사 왔다는 사실이 누군가 에게 작은 기쁨을 제공한 것 같아 기분이 좋았다.

● ● ●

고창의 명물은 장어와 복분자, 수박이다. 이사를 하고 나서 몰랐던 명물을 하나 더 알았다. 게르마늄 성분을 다량으로 함유하고 있다는 온천이었다. 온천은 항암에 좋다. 암세포는 42도에 사멸하는데 그런 원리를 이용한 온열요법이 대체 의학 중에 있다는 걸 책에서 봤다. 체온이 1도 올라가면 면역력도 좋아진다. 편백나무 때문에 장성을 돌아 고창에 둥지를 틀었는데 온천까지 준비된 핫스폿이었다니. 곧바로 차를 몰고 가 지역 주민 할인을 받아 회원권을 끊고 입장해 뜨거운 온천수에 몸을 불렸다.

한숨 돌리며 내부를 둘러보니 한쪽 벽면을 가득 채운 커다란 액자가 눈에 들어왔다. 게르마늄 온천의 효능에 대한 내용이 커다란 글씨로 빽빽하게 차있었고 효과를 볼 수 있는 각종 병명도 언급되어 있었다. 나는 무심하게 읽어 내려가다 반가운 세 글자를 발견했다. 림프종! 희귀 암이다 보니 암에 좋은 음식류의 각종 기사에서도 림프종이 거론된 적은 거의 없었다. 나는 고창에서의 시작이 나쁘지 않다고 생각했다.

목욕을 끝내고 나오자 요가센터가 보였다. 림프 건강에 좋은 요가 같은 기사를 본 기억이 떠올랐다. 살집이 좀 있는 요가 선생님은 케이트 윈슬렛을 닮은 미인이었다. 처음 보는데 어디서 본 것 같은 인상. 기억을 더듬어

보니 온천을 이용하기 전에 데스크에서 회원권 접수를
받은 여직원이었다.

　"어? 아까 봤던 분 같은데 요가도 가르치세요?"
　"비수기 때는 사람이 별로 없어서 멀티 플레이어죠, 뭐."
　"요가 회원은 몇 명 정도 되나요?"
　"그동안 어르신 한 분만 배우고 계셨는데 회원님 오시면
두 분으로 늘어납니다."

　수강 신청을 하고 집으로 돌아오는 길에 나는 다시 한
번 고창에서의 시작이 나쁘지 않다고 생각했다.

● ● ●

　저녁을 먹고 TV를 보고 있을 때 글쓰기 모임에서 만난
동생에게 전화가 왔다. 모임 술자리에서는 자주 봤지만
개인적으로 연락한 적은 거의 없는 사이였다.

"형! 페북 봤어요. 고창 내려갔다면서?"

"응. 영소야. 네가 전화를 다하고 웬일이야?"

"고창에 갈 거면 간다고 말을 하지. 내가 고창 출신이잖아!"

"진짜? 전혀 몰랐어."

"아, 섭섭하네. 명절 때마다 고창 가는데. 고창은 좀 어때?"

"완전 좋은데. 게르마늄 온천도 있어. 프랑스 무슨 샘물에 이어 세계에서 두 번째로 인정받은 곳이래. 게르마늄이 림프종에 좋다는 액자도 남탕 안에 있었어."

"그래? 거기 고창 사람들은 잘 안 가. 효과 없는데."

공제는 와인 애호가지만 와인 외에도 등산과 온천욕이라는 취미를 가지고 있다. 새벽에 몇 시간씩 운전해 산에 간다. 등산을 하고 내려와 근처 료칸(일본 여관)에 숙박한다. 그리고 온천욕과 와인을 즐긴다. 이게 바로 공제가 가장 좋아하는 주말의 취미 생활이었다. 덕분에 나도 몇 번 공제를 따라 일본의 온천을 경험했었다.

가장 마음에 들었던 건 카케나가시 온천이었다. 공제가 말하길 카케나가시란 한 번 사용한 물을 재사용하지 않는 방식을 말하는데, 일본에서도 좋은 온천을 가르는 척도 중 하나라고 했다. 내가 가본 일본 온천 대부분은 성분표 같은 것도 잘 구비되어 있었고, 검사 날짜 같은 걸 확인할 수 있는 곳도 많았다. 나는 고창 온천의 성분표나 검사 날짜 같은 걸 확인하고 싶었지만 홈페이지에서도 찾을 수가 없었다. 예민한 까칠남이지만 그에 못지않은 소심함도 장착하고 있어 직원에게 물어볼 오지랖도 당연히 없었다.

　"목욕 자주 해서 나쁠 거 없지. 뭐."

　영소와 통화를 마치고 침대에 누워 잠을 청했다. 고창에서의 첫날밤이 나쁘지 않게 지나가고 있었다.

누구에게나 있는 산에 대한 추억

평일의 축령산은 한적했다. 추암마을 주차장에 차를 대고 등산을 시작했다. 평소 운동을 소홀히 한 탓에 완만한 경사를 오를 때도 다리가 후들거렸다. 일반 등산객은 별로 없었다. 혼자 혹은 둘 정도의 등산객들을 가끔씩 만났다. 둘이 온 경우는 대부분 환자와 간병인의 역할을 하는 가족 관계로 보였다. 중턱쯤 올랐을 때 치유센터가 나왔고 임종국선생조림공적비가 함께 보였다. 축령산의 숲은 한 사람이 혼자 이십 년 넘게 나무를 심고 가꿔조성됐다고 한다. 사비를 털어 매일 묘목을 실어 나르고물동이를 지고 산을 오르내렸다니 설명을 보고도 믿기지 않았다. 단 한 사람의 집념 어린 노력 덕분에 후대의 수많은 병자가 이 산에서 건강을 회복하고 있었다.

편백나무가 집중적으로 밀집한 치유의 숲 평상에 누워 하늘을 봤다. 직선으로 길게 자란 편백나무의 잎사귀들이 울창해 하늘색보다 초록색이 더 많이 보였다. 광고 회사에 다닐 때 자료 조사를 핑계로 외근을 나가 가끔씩 땡땡이를 치곤했다. 그럴 때마다 가던 곳이 지금은 없어진 영동시장 근처의 뤼미에르 극장이었다. 남들 일하는 시간에 딴짓을 하는 기분은 짜릿했다. 하지만 지금은 백수 암환자가 되어 평일 축령산의 평상에 혼자 누워있으니 처량하단 생각이 들었다. 모두가 잘 버티는 디스코 팡팡에서 혼자만 튕겨져 나온 기분이랄까.

나를 놀리는 디제이처럼 조그만 새 한 마리가 주변을 날아다니며 근처에 올 듯 말 듯 밀당 비행을 했다. 성가신 새를 피해 정상에 가보기로 했다. 치유센터 옆 코스를 올랐는데 경사가 꽤 있어 정상에 도착했을 때는 온몸이 땀으로 흠뻑 젖었다. 아담한 정자에서 햇빛을 피해 쉬고 있는데 뒤늦게 도착한 어떤 아저씨가 말을 걸어왔다.

"이쪽으로 올라오신 거예요? 경사가 심해 그쪽으로는 잘 안 다니는데…."

아저씨가 올라온 쪽을 보니 메인 등산로 같은 더 넓은 길이 있었다. 아저씨는 대화 상대가 필요했는지 묻지도 않았는데 자신의 이야기를 쏟아냈다. 부위는 다르지만 나와 같은 림프종. 몇 년 전 항암 치료를 잘 끝내고 조심조심 운동하며 감사한 인생을 사는 중. 아저씨는 헤어질 때 내 전화번호를 요구했다. 아저씨가 내 핸드폰을 받아가서 자신의 번호를 찍고 통화버튼을 눌렀다.

"댁이 어디세요? 여기에 매일 오세요? 처음 보는 거 같은데, 앞으로 연락하고 같이 다녀요!"

"아, 네. 뭐…."

나는 혼자 하산하는 길에 아저씨의 번호를 차단했다. 나는 잠깐 아픈 거고 금방 나을 거다. 암환자로서의 인연은 사양이다.

･ ･ ･

　신림동에서 삼십 년 넘게 살다 보니 관악산에 갈 기회가 많았다. 어릴 때는 일요일 아침마다 가족끼리 관악산에 갔다. 오르는 데 두 시간 가까이 걸렸던 것 같다. 그러나 내려올 때 걸린 시간은 고작 일이십 분 정도. 지금 생각해보면 안 다친 것이 용한데, 네 살 터울의 형과 매번 달리기 시합을 했기 때문이다. 연주대였나? 삼막사였나? 아무튼 등산에서 하산으로 바뀌는 기점에 도달하는 순간 누가 먼저랄 것도 없이 달리기 시작했고, 가속도가 붙어 붕붕 날듯이 뛰어내려왔다. 어린 마음에도 '이렇게 내려가면 다리가 부러지거나 죽을 수도 있겠는걸'이라고 생각했으니 위험천만한 짓이었다. 겁 많은 내가 어떻게 그럴 수 있었는지 지금 생각해도 미스터리다. 열에 아홉 번은 형보다 내가 먼저 내려왔는데 형의 패인은 아마도 몸을 사렸기 때문이 아니었나 싶다.

　축령산에 오를 때마다 형 생각이 자주 났다. 관악산에

서 달리기 시합을 했던 어렸을 적 추억 때문은 아니었다. 형은 내가 암 선고를 받기 일 년 전에 죽었다. 형도 암이었다. 대기업에 다니던 자랑스러운 장남. 형은 형식적으로 받은 건강검진에서 암세포를 발견했다. 위의 삼분의 이(위암의 경우 암세포를 포함한 아랫부분을 잘라내는데 이 정도면 양호한 발병 부위라고 생전의 형이 얘기해줬다!)를 잘라내고 일 년을 병원에서 생활하다가 퇴원, 그다음부터는 일상 복귀, 전이, 항암 치료를 십 년간 반복했다.

● ● ●

형은 죽기 이 주 전에 상태가 악화되어 중환자실에 들어갔다. 중환자실 면회 시간은 고작 십오 분씩 하루 두 번뿐이었지만, 병원 휴게실이나 병원 근처에서 가족 중 한 명이 상주하며 혹시 모를 비상 상황에 대비해야 했다. 그 역할을 해내기에 적격인 사람은 아이러니하게도 가족 중 형과 가장 덜 친한 나였다. 우리는 특별히 우애가 깊지도 않고 그렇다고 사이가 나쁘지도 않은, 명절 때나 보고 궁금하지도 않은 소식을 나누는 데면데면한 형제였다. 형수는 어린 두 딸을 돌봐야 했고, 형과 쌍둥이처럼 각별했던 연년생 누나는 일을 해야 했다. 부모님은 고령, 특별히 하는 것 없어 보이는 내가 여러모로 딱이었다.

나는 병원 근처의 모텔에 묵으며 아침 일찍 병원에 가서 문병 오는 사람들을 안내(십오 분의 짧은 면회 시간도 두 명 인원 제한이 있어 순서를 정하고 신속히 들어갔다 나와야 최대한 많은 사람이 형을 볼 수 있었다!)하고, 사람들이 모두 돌아가면 저녁에 혼자 모텔로 돌아와 스마트폰을 머리맡에 두고 잤다. 임종을 준비하라는 의사의 말에 가족들이 부리나케 모이기를 두 번. 세 번째 진짜 임종 때는 모든 것이 순식간에 일어났다. 형 몸과 연결된 기기의 모니터 속 숫자가 0이 되는 걸 가족 중 나 혼자 봤다.

만약에, 형이 처음 암 선고를 받았을 때 모든 걸 정리하고 축령산에 와서 자연치유를 했다면 결과가 달라졌을까? 독한 항암제를 맞으며 회복과 전이를 반복했던 십 년의 힘겨웠던 시간에 변수가 되었을까? 처음 중환자

실에 들어갔을 때 형은 어눌하게 말하다 내가 못 알아
들으면 삐뚤빼뚤 글씨를 써 의사소통을 할 수 있는 상태
였다. 그게 형과의 마지막 대화였다. 내가 하는 말에 눈
동자를 움직이는 정도의 반응이 불과 며칠 후 상태였고,
죽기 전 일주일 동안에는 힘들게 호흡만 이어나갔다. 형
은 유언도 없이 그렇게 세상을 떠났다.

또다시 만약에, 내가 형의 마지막을 함께하지 않았다
면 나는 지금 항암 치료를 거부하고 고창에 내려올 수
있었을까? 일본 광고의 카피로 기억한다. '영어 단어 라
이프(life)에는 이프(if)가 들어있지만 인생에는 만약이
없으니 신만이 알 수 있겠지.' 마침 나는 무신론자라 여
러모로 깜깜한 인생이다.

가족력歷 VS 가족력力

로또가 처음 나왔을 때, 그 파급력과 인기는 대단했다. 그전의 복권은 진행자가 "쏘세요!"라고 말하면 화살을 쏴 추첨하는 방식의 주택 복권이었는데, 방송은 자주 봤어도 실제 산 기억은 거의 없다. 어쩌면 내가 복권 구매력이 없던 나이여서일 수도 있고. 인터넷도 없던 시절이라 복권 신화는 신문 한 귀퉁이에서나 만날 수 있는, 나와는 전혀 상관없는 허황된 행운이었다. 계곡에 물놀이를 갔다가 주운 돌멩이가 값을 매길 수 없는 운석일 확률과 비슷한 느낌이라고나 할까.

하지만 로또는 달랐다. 마흔다섯 개의 숫자 중 여섯 개를 맞추면 누구나 일등이 될 수 있었다. 매주 일등이 나왔

70

고 간혹 일등이 없으면 이월이란 매혹적인 두 글자가 있어 온 국민이 로또에 열광했다. 정점은 춘천의 어느 경찰관이 사백억 원 정도의 당첨금을 독식했을 때였다. 그러다 한 게임의 금액이 절반으로 내려갔을 때부터 열기가 좀 잠잠해졌던 걸로 기억한다. 그래도 나는 계속 샀다. 인생 역전을 되뇌며 로또만 되면 부모님에게 더 큰 집도 사드리고, 요플레 뚜껑도 핥지 않고, 택시 탔을 때 미터기도 안 보며 고상하게 살고 싶었다. 될 리가 없었다.

반복되는 꽝에 복권 사는 일이 시들해졌을 때쯤, 늦은 밤 야근을 하고 집에 가다가 신림역에서 술에 취한 한 남자를 봤다. 그는 1미터 정도는 될 법한 즉석 복권 여러 장을 죽 늘어뜨린 후 벽에 대고 긁고 있었다. 추레한 양복 차림에 멀리서 봤는데도 술 냄새가 나는 것 같았다. 순간 '내가 로또를 사는 것이 어쩌면 한심해 보일 수도 있겠구나'라는 생각이 들었다. 닮고 싶지 않은 모습이었다. 미국의 정치가이자 철학자인 토머스 제퍼슨은 복권을 조세 저항 없는 세금이라고 했다. 적나라하게 말하면 복권이 서민에게 돈을 뜯는 가장 손쉬운 방법이란 얘기다. 누구는

"나는 캡이었어!"라는 노래를 흥얼거릴 때 "나는 호구였어!"라니. 나는 더 이상 로또를 사지 않았다.

●　●　●

로또에 다시 손(?)을 대기 시작한 건 암 선고를 받고 나서부터다. 암이라는 어마어마한 불행 앞에서 신도 염치가 있다면 로또 일등이라는 행운도 줄 것 같았다. 호사다마를 다마호사라고 썼을 때 무슨 일이 벌어질지 궁금했다.

오랜만에 다시 구매하기 시작한 로또 인심은 여전히 야박했다. 매주 사도 몇 달에 한 번 숫자 세 개가 맞는 꼴등 당첨만 허락했다. 더불어 나는 멍청한 호구 서민이란 자괴감도 여전히 들었다. 그래서 몰래 샀다. 아는 사람 없는 고창에서도 로또를 사러 갔다가 다른 손님이 있으면, 주변을 배회하다 아무도 없을 때 들어가 황급히 자동으로 선택해 사서 나왔다. 고등학생 때 〈핫 윈드〉란 잡지를 그렇게 샀던 부끄러운 기억까지 떠올리며.

매주 은밀한 미래지향적 취미 생활을 영위하다가 한 번은 장례식장에 갈 일이 생겼다. 친한 광고계 선배인 정인 누나의 남편 상이었다. 암환자가 장례식에 참석하는 것이 자연스러운 일인지 판단이 서질 않았지만, 정인 누나가 너무 불쌍했고 베프인 일성이와도 친한 사이여서 함께 가기로 했다. 정인 누나의 남편은 췌장암으로 고생하다 세상을 떠났다고 했다. 췌장암은 암 세계에서 통증 끝판왕이었다. 정인 누나는 너무 고통스러워 모르핀을 놔달라고 절규하는 남편 보는 것이 힘들어 병원 가는 것이 꺼려질 정도였다고 했다. 그런 얘기를 들어서인지 정인 누나의 표정이 평온해 보이기도 했다. 남편의 부재로 인한 슬픔은 두고두고 일상에 찾아오겠지만 말이다. 이런저런 얘기를 나누다가 우연히 로또 얘기가 나왔다.

"어? 누나가 로또를 사요? 너무 의왼데요?"

"나도 최근에 처음 사봤어. 남편이 아프니까 왜 이런 시련을 주는 건지 막 원망스럽고, 신이 있다면 이런 불행을 줬으니 로또 당첨이라는 행운도 내놓겠지 하며 가끔 샀어."

"저도 암 선고 받은 후로 매주 로또 사고 있어요!"

●　●　●

　정인 누나의 남편은 가족력이 있었다고 한다. 남편의 어머니, 남편, 남편의 형제들 모두 암환자였다. 정인 누나 남편의 친가 쪽에서는 우스갯소리로 수명을 오십 정도로 생각하며 살았다고 했다. 얘기를 들어보니 정인 누나의 남편은 젊었을 때부터 웰빙이 생활인 분이었다. 고기를 좋아하지 않았고, 채소를 많이 먹었고, 등산이 취미라 주말이면 산에 갔고, 술, 담배도 안 했으며 활동적인 성격에 몸도 호리호리하셨다고. 라면도 거의 안 먹고 햄이나 소시지는 쳐다보지도 않았다고 했다. 아마도 단명을 거역하고 싶어 본능적으로 그런 삶을 사신 건 아니었을까.

　나도 이미 밝혔듯이 가족력이 있다. 외가 쪽 사촌 대부분이 암환자다. 우리 집에서는 형이 암으로 죽고 누나는 암에 걸렸다가 치료를 잘 받아 다행히도 완치 판정을 받았다(완치 판정이 재발 위험성 제로를 보장하는 것은 아니지만!). 나도 막연하게 암에 걸릴 수도 있겠다는 생각을 하며 살았지만, 그놈의 막연함은 '혹시, 설마, 그럴 리가!' 같은 당의정이 되어 인생의 쓴맛을 준비하지 못하고 그냥 살았다. 가족력이란 말 그대로 암에 걸릴 운명을 안고 태어나는 것이다. 암 선고를 받았을 때 내 질문에 의사가 시니컬하게 대답했던 것도 운명의 DNA를 의식해 얘기한 것일 수 있다. 무자비하고 속수무책인 가족력에 한 가지 대항마는 있다. 또 다른 가족력, 바로 가족의 힘이다.

● ● ●

나의 전 여자 친구는 나와 헤어진 후 로또에 당첨됐다. 아버지의 사업이 부도나고 가족 모두가 카드 돌려 막기로 연명하다가 마지막으로 로또를 사 일억여 원에 가까운 당첨금으로 기사회생한 것이다. 마지막 로또마저 당첨되지 않으면 가족 모두 동반 자살할 마음이었다는 이야기를 하며, 우연히 재회한 전 여자 친구는 쓴 소주를 마셨다. 동반 자살이란 서늘한 표현에 가슴을 쓸어내리며 나도 따라 소주를 마셨었다.

나는 정인 누나가 앞으로도 잘 살아가리라 믿는다. 정인 누나에게는 사랑하는 딸이 있기 때문이다. 딸을 위해 더 열심히 일을 하고 더 행복한 시간을 만들기 위해 노력할 것이다. 평생 살림만 하던 형수도 어린 조카들을 어머니(나에게는 사돈어른)에게 맡기고 기꺼이 워킹맘이 되었다. 페이스북 친구 신청을 안 해 게시물을 확인할 수는 없었지만, 호기심에 검색해본 전 여자 친구의 페이스북 프로필 사진에는 행복해 보이는 가족사진이 있었다.

결혼도 못한, 노총각이란 표현도 붙이기 겸연쩍은 독거 중년이지만, 나에게도 가족이 있다. 고창에 내려오는 날 집 앞 골목에서 나를 보며 성호를 그으시던 어머니가 있고, 표현은 안 하셔도 항상 나의 안부를 궁금해하는 아버지도 있다. 나의 글을 보게 될 누군가가, 어느 날 갑자기 문을 쾅쾅 두드린 가족력이 막무가내로 두고 간 불행에 절망하지 않았으면 좋겠다. 나는 암 선고를 받은 후부터 천국과 지옥의 주소는 같다고 생각하며 살고 있다. 가족력은 불행이지만 가족력은 또한 행운이다.

이것도 저것도 그것도 항암 식품

축령산에 갈 때마다 인근 식당에서 자주 먹은 메뉴는 삼채 비빔밥이다. 삼채는 장성에서 전폭적인 지원을 받는 것으로 보이는 특산물이다. 삼채에는 천연 식이유황이 마늘의 여섯 배, 인삼의 육십 배가 들어있다고 식당마다 써 붙여져 있었다. 마늘도 항암 식품이다. 미국 국립암연구소에서는 항암 식품 1위로 마늘을 선정하기도 했다. 인삼은 말해 무엇할까. 항암에 좋기로 소문난 사포닌 성분. 그런 사포닌이 주성분인 식이유황. 삼채에 식이유황이 마늘, 인삼보다 그렇게 높게 함유되어 있다는데, 귀 얇은 암환자 입장에서 그냥 지나치기는 쉽지 않다.

달고 맵고 쓴 맛이 나는 삼채 비빔밥을 줄곧 사 먹다

가 본격적으로 삼채에 집중하기 위해 원물을 구해 먹기로 했다. 인터넷 검색으로 삼채를 키우며 식당과 펜션도 운영하는, 꽤 큰 규모의 적당한 업체를 찾아냈다. 집에서는 삼십 분 정도 차를 몰고 가야 했다. 오랜만에 나름 먼 곳을 목적지로 정하니 드라이브하는 기분이 들어 나쁘지 않았다.

정속 주행으로 운전해 도착한 곳은 가히 삼채 아지트라고 할 만했다. 삼채 장아찌, 삼채 된장, 삼채 커피, 삼채 주스, 생 삼채까지 없는 것이 없었다. 식당에서 삼채 비빔밥을 먹을 때 그곳 사장님이 출연한 〈6시 내고향〉이 반복해서 나오고 있었다. 나는 맛있게 식사를 하고 삼채 잎과 삼채 뿌리를 한 아름 사서 돌아왔다. 그날 밤 꿈에서는 내가 〈6시 내고향〉에 출연해 인터뷰하는 장면이 계속 나왔다.

•　•　•

삼채만 믿고 안심할 수는 없었다. 나는 책과 인터넷 등을 통해 항암 효과가 있다는 것들을 찾아 먹었다. 검증되지 않은 대체 요법에 휘둘리지 않기 위해 부작용 위험이 있는 먹거리나 극단적인 요법은 배제했다. 예를 들면 고용량의 비타민C를 섭취하거나 비타민C를 주사로 맞는 메가도스 요법은 피했다. 역사가 짧지 않은 대체 의학의 한 종류라고 해도 어쩐지 좀 그랬다.

항암 효과가 있다고 주장하나 비록 효과가 없더라도 해롭지 않을 것! 내가 챙겨 먹은 것들은 다음과 같다.

낫토, 사포닌과 레시틴 성분이 항암에 좋다고 해서 먹었다. 청국장이 더 몸에 좋다고 하는데 인터넷에서 파는 일본 제품이 섭취하기 편리해 꾸준히 먹었다.

미역귀, 미역의 생식기관에 해당하는 부분인데 점액질에 포함된 후코이단 성분이 항암에 좋다고 해서 먹었다.

케일, 베타카로틴 성분이 항암에 좋다고 해서 먹었다. 대부분의 십자화과 채소(양배추, 브로콜리, 브뤼셀 스프라우트, 청경채)가 비슷한 효능이 있다.

브라질너트, 셀레늄 성분이 항암에 좋다고 해서 먹었

다. 견과류의 왕이란 수식어는 셀레늄 함량 때문이다.

아로니아, 안토시아닌 성분이 항암에 좋다고 해서 먹었다. 블루베리, 복분자, 오디 등 각종 베리류 과일도 비슷한 효능이 있다.

울금, 커큐민 성분이 항암에 좋다고 해서 먹었다.

토종꿀과 토마토, 워낙 유명한 항암 식품이라 기본으로 챙겨 먹었다.

여기까지 먹은 것들 앞에는 주로 유기농, 무농약, 토종 같은 수식어들이 붙었고 그만큼 비쌌다.

· · · ·

장은 주로 재래시장 아니면 요가와 온천을 하는 곳에 있던 하나로마트에서 봤다. 고창의 하나로마트에는 정말 다양한 약초가 있었다. 〈나는 자연인이다〉에 자주 등장하는 약초들이 다 있는 것 같았다. 꾸지뽕나무, 예덕나무, 화살나무, 느릅나무, 토복령, 와송 등. 인터넷에 항암 식품을 검색해 효능에 항암이라는 두 글자가 보이면 무조건 구입했던 수많은 제품이 비닐봉지에 소분되어 진열되어 있었다. 나는 이것들을 커다란 주전자에 적당량씩 넣어 끓인 후 차로 마셨다.

물은 게르마늄 생수를 사서 마셨다. '생수가 거기서 거기지'란 생각이 없지는 않았다. 일본에 있는 친구 공제에게 내가 먹는 제품에 대해 얘기한 적이 있는데, 어느 날 공제가 편의점에서 찍은 사진 한 장을 보내왔다. 내가 마시는 생수가 일본에서 에비앙보다 두 배로 비싼 값에 팔리고 있었다. 생수를 수출하려면 제법 여러 단계의 조건을 충족시켰을 거라고 생각하니, 비싼 값에 가성비를 의심했던 게르마늄 생수에 대한 애정이 급상승했다.

평소 즐겨 먹던 돈가스, 짜장라면, 비빔라면, 믹스커피, 맵고 짜고 단 음식들 대신 낯설고 웰빙 느낌 짙은 먹거리들이 몸 안에 들어오니 확실히 건강해지는 느낌이 들었다.

어느덧 암 선고를 받은 지도 육 개월째에 접어들고 있었다. '치료받지 않았을 때 짧으면 육 개월'의 그 육 개월이 된 것이다. 병원에 가지 않아 정확한 몸 상태를 모르니 불안감이 수시로 밀려왔지만, 의사가 말한 '길면 이년'의 이 년이 되었을 때 건강에 자신이 생기면 다시 검진을 받아볼 생각이었다.

● ● ●

한참을 항암 식품에 탐닉하다가 의구심이 들었다. 내가 구매해 섭취하는 항암 먹거리들이 정말 탁월한 효능을 발휘하는 특별한 것들일까. 하나의 먹거리에는 여러 가지 성분이 있다. 대부분의 항암 식품 홍보 문구는 'A 성분이 B의 몇 배'라는 것이다. 이런 경우 B는 통상적으로 A 성분이 많다고 대표되는 것이다. 꼭 먹거리가 아니더라도, 세상에서 가장 깨끗한 건 변기라는 개그도 있지 않은가. 더럽다고 생각되는 변기를 샌드백 삼아 언제나 변기보다 몇 배 더러운 무언가를 강조한 기사가 넘쳐난다. 항암 식품도 사포닌은 인삼과 비교하고 비타민C는 딸기나 귤, 레몬에 비교한다. 인지도 낮은 제품이 소비자에게 어필하기 위해 센 놈 하나 눕히는 유리한 성분만을 내세우는 것이다.

안타깝게도 효과는 확실하다. 사람들은 "사포닌의 대명사는 인삼 아니었어?"라고 말하면서도 지갑을 연다. 나 또한 인지도 낮은(그동안 몰랐던) 항암(사실은 평범한) 식품을 그런 식의 비교에 혹해서 낚인 건 아니었을까. 생김새를 짐작조차 할 수 없는 처음 듣는 토복령을, 내가 몰랐던 핫한 신상 항암 식품 대하듯 한 건 아니었을까.

나는 익숙하고 흔해 저렴하기까지 한 먹거리들을 항암이란 키워드로 검색해봤다. 마늘을 기본으로 당근, 양파, 파, 콩나물, 두부, 배추(김치), 무, 사과, 배, 귤 등 평소 먹던 것들에도 항산화 물질이 다 들어있었다. 결국 '골고루 먹고, 잘 자고, 스트레스 안 받게 좋은 생각 많이 하면 되지 않을까?'라는 뻔한 결론이 나왔다.

최고의 튜닝은 순정품이고, 캠핑용품을 업그레이드하다 보면 집이 된다는 말이 있다. 깨달음 하나를 얻었을 때는 통장 속 암 보험금이 많이 줄어든 후였다.

친구가 암에 걸렸을 때

한 실험에서 미국인과 일본인을 대상으로 평균 지인의 수를 조사한 적이 있다. 미국인은 이삼백 명, 일본인은 백오십 명이었다. 같은 아시아 문화권이니 우리나라 사람들의 평균 지인 수도 대충 백오십 명이라고 봤을 때 나는 그보다 많은 편이었다. 아마도 나의 양면적인 습성 때문일 것이다. 소심한데 호기심은 많다. 그래서 다른 세계를 자꾸 기웃거린다. 좋게 말하면 도전, 나쁘게 말하면 뻘짓이다. 좋은 점은 새로운 사람을 많이 알게 된다는 것이다. 낯을 가리는데 새로운 인간관계에 흥미를 느낀다면 앞뒤가 안 맞는 걸까. 그래도 그랬다.

이쪽에서 놀다가 저쪽에서 놀고 오면 친구들은 신기해

했다. 광고계에서 일하는 일성이는 나를 통해 미술계에 있는 경훈이와 친해졌다. 금융계에 있는 현우는 나를 통해 영화계에 있는 세동이와 친해졌고, 세동이는 나를 통해 일본에 있는 공제랑도 친해졌다. 크로스 오버가 난무하는 인간관계를 맺다 보니 "도대체 그 사람은 어떻게 알게 된 거야?"라는 말을 많이 들었다. 세어보지는 않았지만 연락해서 어색하지 않게 만날 수 있는 지인이 백오십 명 이상인 이삼백 명쯤이었을 거다. 오백 명을 족히 넘길 것 같은 경훈이에 비할 바는 아니었지만 말이다.

그런데 이제 예전처럼 만날 수 있는 사람은 대충 이삼십 명 정도다. 암환자가 된 후 인간관계가 십분의 일로 쪼그라든 셈이다. 내 탓이 제일 크고 남의 사정도 있을 것이다. 암에 걸리면 일단 어중간한 관계가 다 정리된다.

내가 먼저 연락하지 않으면 거의 연락 오지 않던 사람과의 관계는 다 과거형이 된다. 사람과 사람이 일반적으로 연락하는 빈도가 공평하게 반반이라면 나는 열에 일곱은 먼저 연락하는 쪽이었다. 인간관계가 소박해진 첫 번째 이유다. 원래 먼저 연락하지 않는 스타일의 친구라면 내가 암환자가 됐다는 소식에 동정심으로 먼저 연락하기도 망설여질 것이다. 이해한다. 인연의 어긋남에 슬퍼할지언정 원망하지는 않는다.

다음은 공통 관심사의 부재다. 하는 일이나 취미가 달라도 동시대를 살아가는 비슷한 연령대가 함께 누리고 이야기하는 세상이 있다. 암환자가 되면 그 세상에서 1순위로 광탈 당한다.

"야! 우리 내년 봄에 한번 제대로 뭉쳐서 일본 가는 거 어때?"

지겹도록 익숙한 대화가 생경해졌을 때 나는 혼자 딴 생각을 했다. '내년 봄까지 나는 살 수 있을까?' 일상 복귀가 예정된 한시적 부상자의 병문안이라면 분위기가 화기애애할 수도 있을 것이다. 암환자가 된 후로 편했던 지인과도 대화가 뚝뚝 끊겼다. 남는 사람은 둘이 있을 때 소위 마가 떠도 어색하지 않은 십분의 일뿐이었다.

암환자가 된 후에 많은 연락과 위로를 받았다. 비정기적으로 만나 와인을 마셨던 친구 네 명은 돈을 모아 고가의 블루투스 스피커를 사줬다. 고창에 내려가 좋은 음악을 많이 들으라고 했다. 땅끝에 사는 친구는 벼랑 끝에 선 나에게 영양제를 보내줬다. 비타민C 메가도스 용법의 내용을 담은 책을 동봉하여 나의 면역력에 보탬이 되길 바랐다. 환경에 관심이 많은 친구는 나의 플라스틱 필립스 커피포트를 스테인리스 제품으로 바꿔줬다. 아웃도어 전문가인 친구는 축령산에 열심히 다니라며 자신이 아끼던 배낭을 선뜻 넘겨줬다. 슈발 블랑을 나눠 마신 친구는 일본에서 제일 각광 받고 있다는 항암 서적을 선물로 줬다. 원서였다(바카야로!).

어느 출판사는 내가 약속을 지키지 못하게 된 상황을 배려해 이미 체결된 출판 계약을 조건 없이 해지해줬다. 아니다. 조건이 하나 있었다. 오래전에 받았던 계약금을

토해내지 말 것! 저자의 개인적인 사정으로 출판 계약을 해지할 때 계약금을 두 배로 물어내야 한다는 것은 계약서에 명시된 내용이다. 하지만 대부분의 마음 약한 출판사는 두 배까지는 아니어도 계약금 반환으로 마무리해준다. "계약금은 안 받아도 좋으니 꼭 완쾌하세요!"라고 얘기해주는 출판사는 처음이었다. 나도 암에 걸려 처음 알게 된 출판사의 온기였다.

반면 나의 완쾌를 바라는 마음이 같더라도 부담이 된 적도 있다. 어떤 위로는 보낸 이의 의도와 상관없이 스트레스가 되었다. 원치 않는 반복된 조언이 그랬다. 항암 치료를 거부하기로 결정한 순간부터 친구 진석이는 병원에 갈 것을 종용했다. 처음에는 고마웠던 진석이의 마음 씀씀이가 나중에는 스트레스가 되었다. 그 마음을 모르지는 않지만 나중에는 스마트폰에 뜨는 진석이의 발신 번호가 반갑지 않을 정도였다.

아서 프랭크의 《아픈 몸을 살다》 표지 이야기를 다시 하면, 암 투병은 온전히 환자 혼자만의 싸움이다. 의료진도, 가족도, 애인도, 친구도 함께 싸울 수는 없다. 책 표지처럼 너무 멀지 않은 곳에서 진심으로 조력할 뿐이다.

●　●　●

　암환자가 되고 보니 소중한 이들에게 받고 싶은 건 따로 있었다. 정성 어린 선물도, 일부러 수고해 모은 값진 정보도, 마음을 뭉클하게 만들어준 위로도 틀림없이 고맙고 소중한 것들이지만 가장 받고 싶은 건 그들의 시간이었다. 이 세상에 혼자라는 생각은 아프지 않아도 쓸쓸하고 신산한 현대인의 감정이다. 나는 훨씬 적나라하게 다가온 진공상태 수준의 고독감 때문에 수시로 공포의 영역을 넘나들었다. 살아있는 사람을 바로 앞에서 눈으로 보고, 어깨를 툭 치고, 냄새를 섞으며, 목소리를 확인할 때는 그나마 견딜 만했다. 물론 상대방에게는 쉽지 않은 일이다. 경쟁 사회에서 평일을 통째로 생존을 위해 쓰고 나면 주말은 온전히 가족들의 몫이 되기 마련이다. 친구 만나는 일이 흔한 일상일 수 있는 용감한 유부남녀가 멸종된 세대고 시대니까.

최선이 시간을 받는 것이라면 차선은 돈을 받는 것이다. 내가 건강을 회복해 일상으로 복귀했는데 내 주변의 누군가가 암환자가 된다면 나는 돈을 줄 것이다. 만약 친구는 아파트에 살고 나는 투룸 다세대 빌라에 살아 '누가 누굴 생각해?'란 생각이 들면, 문병 갈 때 초록매실 꼬마 병 한 박스 형식적으로 사갈 바에야 책을 사 보라며 온라인 도서 상품권을 카톡으로 선물하는 것이 낫다.

최선이 몸으로 때우는 것, 차선이 돈으로 때우는 것이라면, 최악은 입으로 때우는 것이다(엄밀히 따져 메신저나 카톡으로 안부만 묻는 것도 여기에 포함돼 '손가락으로 때운다'라고 해야 하지만 차선과 중복이 되어 입으로 뭉뚱그린다!). 특히 만남의 기약 없이 안부만을 묻는 것! '용기 잃지 않고 열심히 살게!' 상대의 형식적인 안부 연락에 이상적 암환자 코스프레를 하고 나면 반가움은 잠깐이고 혼자라는 초라함만 커져갔다.

한때 이성에게 선물하는 품목으로 화장품을 선호한 적이 있다. 세심하고 로맨틱한 남자가 고른 괜찮은 아이템이라고 자신했다. 하지만 여성용 화장품의 세계는 방대했고, 이미 각자가 취향이나 피부 상태 등 조건에 딱 맞는 제품을 쓰고 있었다. 남자가 임의로 골라 선물하는 건 돈 쓰고 욕먹기 딱 좋은 행동이었다. 이 사실을 불과 몇 년 전에 알았다. 전 여자 친구들은 대부분 착해서 좋아해주는 척했지만 늦게나마 미안한 마음이 들었다. 남의 사정 헤아릴 겨를 없는 암환자의 특권은 투정 부려도 된다고 착각하는 것이다. 이런 면구스러운 내용을 써도 되나 한참을 고민하다 뭐 어때 암환자가, 라는 핑계를 대며 남긴다.

공제 가라사대

고창에는 예쁜 여자들 좀 있냐?

없어. 한 명도 못 봤어.

클럽도 가고 그래야 예쁜 여자를 만나지.

클럽은 무슨. 장미헤어클럽은 있더라.

호프집에라도 가봐.

며칠 전에 친구 와서 가봤는데 쏘야를 팔더라.

안에 공중전화 박스도 있고.

고창은 레트로한 곳이구나!

의사가 말한 최소한의 디데이를 넘긴 후 긴장감이 느

슨해진 건 사실이다. 아직 최장 디데이인 이 년이 되지 않아 '시한부' 시한부 인생인 것은 변함없지만 지루한 날들이었다. 끊었던 술, 담배도 조금씩 다시 하곤 했다. 지인들의 연락은 뜸했고, 출근할 직장은 없었으며, 알콩달콩 지지고 볶을 가족도 못 만든 고인물 노총각 신세. 가끔씩 일본에 있는 공제와 카톡으로 싱거운 대화를 나누는 것이 유일한 낙이었다. 마침 공제도 십 년 넘게 튼실히 키워낸 회사를 매각하고 짬이 날 때였다.

중입자 치료도 알아본 거야?

중입자가 뭐야?

화학과 출신이라는 놈이 그 해맑은 질문은 뭐냐?

주기율표도 못 외우는 화학과 출신, 의미 없다.

암튼 중입자 치료 알아봐라! 일본에서는 많이 받는 치료다.

응.

미쳤다. 세상에 이런 항암 치료가 다 있다니. 공제가 알려준 중입자 치료는 수술할 필요도 없고, 통증도 없으며, 운이 좋으면 단 한 번 받는 걸로 암이 완치되는 꿈의 치료법이었다. 중입자 치료에 제대로 꽂힌 나는 인터넷에서 자료를 모으기 시작했다.

●　●　●

중입자 치료는 양자보다 무거운 중입자(탄소 원자)를 빛의 80퍼센트 속도로 가속해 암세포의 DNA를 파괴한다. 일반적인 방사선 치료 시 조사하는 X선은 발병 부위에 도달하기 전에 피부에 흡수되어 효과가 떨어지거나 주변의 정상 세포까지 공격하는 부작용이 있지만, 중입자 치료는 스마트하게 암세포만 정밀 타격한다. 체력이 약한 노인도 손쉽게 받을 수 있는 치료 방법으로 절개를 하지 않아도 되고, 치료 시 통증이 수반되지 않으며, 완치율도 기존의 수술이나 방사선 치료에 비해 월등히 높다. 수술이 불가능한 간암 완치율 90퍼센트, 역시나 수술이 불가능한 골육종암 완치율 80퍼센트, 초기 폐암 완치율 95퍼센트, 전이되지 않은 전립선암 완치율 무려 100퍼센트! 인터넷으로 알아본 중입자 치료법은 혹시 이거 사기 아닐까란 생각이 들 정도로 놀라웠다. 이런 정보는 친구가 아니라 의사를 통해 들어야 할 거 같은데, 암 선고를 내린 의사는 왜 나에게 이런 치료법을 언급조차 해주지 않았는지 분통이 터졌다.

순식간에 내 마음을 앗아간 중입자 치료는 물론 만병통치법이 아니었다. 암의 진행 상태가 말기이거나, 방사선 치료 경력이 있거나, 이미 전이가 된 암에는 적용할 수 없었다. 다행히 나는 모두 해당되지 않았다. 한껏 들뜬 마음에 자료를 모으다가 2017년 7월 9일에 방영된 〈시사매거진 2580〉을 보고 의사가 나에게 이야기해주지 않은 이유를 알아냈다. 방송을 보기 전 제목부터 좀 께름칙하긴 했다. 제목은 〈'기적의 암 치료기' 만든다더니…〉였다.

결론부터 말하면 우리나라에서 중입자 치료가 가능한 곳은 없었다. 중입자 치료센터는 있었다. 빈 건물일 뿐. 워낙 꿈의 치료 방법이다 보니 정부에서 2010년도부터 사업을 추진했다고 한다. 방송은 원천 기술의 부재와 졸속 행정이 만나 건물만 지어놓고 치료의 핵심인 중입자 가속기 설계에 실패했다고 고발하는 내용이었다. 중입자 치료가 가능한 나라는 전 세계에서 다섯 개국뿐. 일본은 이십여 년의 연구를 통해 중입자 가속기를 세계 최초로 상용화한 중입자 치료 선진국이었다. 방송에는 원정 의료를 떠나는 사람의 사연도 소개되어 있었다. 어느 폐암환자 아저씨였다. 한국에서 치료를 받으면 폐의 50퍼센트 이상을 잘라내고, 완치가 되어도 뒷동산에도 못 오를 부실한 몸으로 살아야 한다고 했다. 아저씨는 일본에서 단 한 번의 중입자 치료를 받고 완치했다. 원정 의료는 외국인 신분으로 치료를 받아야 하기에 의료보험

안 되는 것이 유일한 단점이었다. 치료비 오천만 원에 진단비 및 검사비, 현지 체류비, 기타 수수료 오천만 원, 다 합해 일억 원이 필요했다. 암 선고받았을 때 받은 보험금을 이곳저곳에 사용해 돈이 부족했지만 나는 확고했다. 고창 집의 보증금을 빼고, 중고차를 팔고, 노트북도 팔고, 그래도 모자라면 장기도 팔고. 아무튼 뒷일을 생각할 겨를이 없었다. 어떻게든 일억 원을 마련해 중입자 치료를 받고 싶었다. 나는 공제에게 SOS 카톡을 보냈다.

> 결정했다. 일본 가서 중입자 치료 받을 거야!

한국에서는 불가능?

> 짜증만 난다. 미안한데 일본 병원 알아봐줄 수 있어?

응. 완치되면 술 사라. 많이 사라!

> 두 번 사고 죽을 때까지 형이라고 부를게.

며칠 지나지 않아 공제에게서 메일이 도착했다. 공제

가 찾아본 바로는 일본에서 중입자 치료가 가능한 병원은 다섯 곳이었다. 메일에는 다섯 개 병원의 홈페이지 주소가 적혀 있었다. 공제는 내가 어느 정도 일본어를 할 수 있다고 생각하는 건지, 해석 좀 해주면 좋으련만 지난번 원서 선물도 그렇고 이번에도 일본어가 잔뜩 써진 홈페이지를 덩그러니 그냥 알려줬다. 링크 외에 메일 내용은 '굿 럭' 두 글자뿐이었다.

나는 번역기와 영문 변환을 통해 더듬더듬 홈페이지 내용을 훑으며 병원을 고르기 시작했다. 한참을 집중하다 한 병원의 홈페이지에서 질병당 치료 안내문의 표를 발견했다. 간암은 어떻게, 폐암은 저렇게, 전립선암은 그렇게 같은 내용을 스크롤해 살펴보다가 맨 마지막에 반가운 병명을 발견했다. 림프종, 그리고 이어진 '치료 불가'라는 말! 조건을 떠나 중입자 치료로 고칠 수 없는 유일한 딱 하나의 암이 바로 내가 걸린 암이었다.

타마가와 온천에 가다 1

중입자 치료 계획이 수포로 돌아간 후에는 다시 무기력한 날들의 반복이었다. 축령산에 안 간 지도 몇 주가 흘렀고, 헬스클럽 회원권도 연장하지 않았다. 가끔씩 효과가 의심되는 게르마늄 온천에 다녀왔고, 암환자의 신분을 망각하고 혼술을 하는 날이 잦아졌다. 이렇게 지내면 안 된다는 생각을 하면서도 일상은 쉽게 나아지지 않았다. 구세주는 다시 공제였다. 슈발 블랑을 마실 때 공제에게 치유의 온천을 알아봐 달라고 부탁했었다. 일본의 온천은 오래전 병원의 기능을 했다는 공제의 말이 생각났기 때문이다. 일본에 놀러 갔다 몇 번 온천을 같이 다녔을 때 공제가 그랬었다.

"일본에는 온천이 수천 개가 있는데 그중에 어디에 좋다 하는 온천은 일종의 병원이었대. 피부가 안 좋을 때 가는 온천, 눈이 안 좋을 때 가는 온천, 무릎이 안 좋을 때 가는 온천. 분야별로 각광 받는 스타 온천이 있던 거지."

나는 공제의 말이 인상적이었다.

찾았다!

진짜 있었어?

응, 아키타 지역에 있는 타마가와 온천이야. 네가 원한대로 병원에서 포기한 암환자들이 찾는 곳으로 일본에서 제일 유명한 곳이야.

설마 하고 물어본 건데 정말 있구나!

형이 동행해줄 테니 가자! 나는 초반에 4박 5일 정도 같이 있고 너는 좀 더 있다 와. 갈 때 데려다주면 올 때는 혼자 도쿄에 올 수 있지? 아픈 사람들은 가면 보통 몇 주씩 있다가 온대. 겨울에는 눈 때문에 도로가 끊겨 영업을 안 한다니까 서두르자!

응.

공제와 카톡을 마치고 인터넷에서 찾아본 타마가와 온천은 여느 온천과 포스부터 달랐다. 살고 싶은 암환자들이 가는 곳인데 역설적으로 지옥의 아우라를 풍기는 온천이었다. 일본인들이 죽기 전에 한 번은 완주한다는 시코쿠 순례길이 생각났다. 생과 사가 만나는 곳에는 특유의 숙연한 분위기가 있다. 나는 공제와 타마가와 온천에 갈 생각으로 다시 살아나고 있었다.

●　●　●

타마가와 온천에 가려면 도쿄에서 신칸센을 타고 타자와코역에 내려 버스로 한 시간 이상을 더 가야 한다. 밤 열 시쯤 하네다 공항에 내리자 공제가 픽업했다. 우리의 이동 수단은 공제의 볼보 스포츠카였다. 이런 차라면 드라이브할 맛 나겠다, 라고 생각하면서도 하네다 공항에서 타자와코역까지만 600킬로미터가 넘는다는 사실에 경악했다. 한 시간 넘게 꼬불꼬불한 산길을 더 가야 하니 체감 거리는 서울에서 부산까지의 두 배. 그 긴 거리를 공제는 혼자 운전했다. 나는 국제 운전면허가 있었지만 일본에서의 운전은 자신이 없었다. 운전석이 반대인 일본에서 술에 취했을 때 도로의 차들을 보면 흡사 유령이 운전하는 것 같아 놀란 적이 한두 번이 아니다. 운전석에 사람이 없는데 차가 움직이다니! 차도가 반대 방향인 것도 선뜻 운전할 용기를 못 내게 했다.

하네다 공항을 출발한 우리는 새벽녘쯤 휴게소에서 두세 시간 쪽잠을 자고 다음 날 정오에 타마가와 온천에 도착했다. 온천 입구에 세워져 있는 나마하게(아키타 지역의 민담 설화에 나오는 도깨비) 마네킹이 우리를 반겼다. 프론트에서 체크인을 하고 객실을 배정받아 짐을 내린 후, 공제는 2킬로미터 떨어진 신 타마가와 온천 주차장에 차를 대고 왔다.

원천이 가까운 타마가와 온천은 공기 중에도 산성 성분이 많아 하루 이틀만 주차를 해도 차가 상한다는 것이다. 이곳에서 사용하는 냉장고나 TV도 부식이 심해 일 년에 한 번씩 교체를 한다고 했다. 간단히 짐을 풀고,

올 때 사 온 아사히 캔맥주 하나씩 먹고 낮잠을 자기로
했다. 운전을 오래 한 공제는 초췌했고, 긴장이 풀린 나
는 나른했다.

· · ·

타마가와 온천의 객실은 자취부와 여관부, 두 종류로
나뉜다. 여관부가 온천이 딸린 일반적 료칸의 숙소라면
자취부는 장기투숙객(주로 암환자)들을 위한 숙소다. 우리
는 오래 있어야 하는 나 때문에 자취부를 선택했다. 자
취부는 객실 청소와 침구 교체를 직접 해야 하고 공동
주방과 공동 화장실을 사용하며 텔레비전도 없었지만,
여관부에 비해 숙박비가 저렴해 불만은 없었다. 공동 화
장실 창문의 걸쇠나 공동 주방의 금속 배관 이음부 같은
곳이 온천의 산성 성분 때문에 다 녹슬어있었다. 그 외
의 시설은 보이는 것 모두가 청결했다.

공동 주방에는 체크인 때 미리 대여를 신청한 개인 냉

장고가 있었는데, 대형마트의 물품 보관함과 흡사한 형태로 김치와 달걀, 채소류의 반찬거리를 넣었더니 금세 꽉 찼다. 산속이었고 늦가을의 선선한 계절에 방문했기에 냉장고가 작다고 불편할 일이 없어서 다행이었다.

낮잠을 자고 일어나 원천이 있는 곳에 가보기로 했다. 타마가와 온천 뒤쪽에는 야케야마 산이 멋들어지게 펼쳐져있는데, 산자락 밑에서 구십팔 도의 온천수가 용출되고 있었다. 근처에는 미량의 자연방사선이 나오는 암반욕장이 있었다. 숙소와 온천 시설이 있는 곳까지 온천수가 흘러내려오는 동안 사십 도 전후로 식어 온천욕하기 딱 좋은 온도로 공급되는 자연친화적 시스템이었다. 작은 연못 같은 원천이 시작되는 곳은 일 분에 9,000리터의 온천수가 부글부글 끓어오르며 솟아나고 있었다. 주변에는 미니 화산 같은 기공들이 쉭쉭 소리를 내며 무섭게 유황과 가스를 뿜어냈다. 성난 괴물 같은 타마가와 온천의 심장부에서 절로 머리가 조아려졌다.

나는 공제가 연신 사진을 찍는 동안 마음속으로 소원을 빌었다.

'암을 낫게 해주세요! 로또에 당첨되게 해주세요! 이 왕 선심 쓰시는 거 여자 친구까지 어떻게 좀….'

●　●　●

저녁을 먹기 전에 가볍게 탕에 들어가기로 했다. 온천 탕 내부는 황비홍이 나타날 것 같은 어둡고 신비로운 분위기였다. 천장이 엄청 높은 커다란 규모의 목재 건물 안에는 다양한 종류의 탕이 있었다. 원천수 100퍼센트 탕, 50퍼센트 탕, 기포가 나오는 탕, 누울 수 있는 탕, 폭포처럼 쏟아지는 탕, 나무통 속에 들어가 얼굴만 내미는 무시 온천까지! 타마가와 온천수는 강산성으로 ph가 1.2인데 공제 말에 의하면 산도로는 일본 최고 수준이라고 했다. 다음은 와인 애호가이자 온천 애호가인 공제가 훗날 블로그에 남긴 글에서 발췌한 것이다. '범상치 않은 타마가와 온천을 안전하게 즐기는 방법'이다.

○ 온천이 있는 건물 이층에 의료상담실이 있습니다.

○ 의료 스태프인 간호사 할머니가 건강 상태에 따른 온천 입욕법을 알려줍니다.

○ 보통은 처음부터 원천 100퍼센트인 욕탕에 들어가지 말고, 맞은편에 있는 원천 50퍼센트인 탕에 들어가 몸을 적응시키는 게 좋다고 하네요.

○ 탕에 들어가는 시간도 짧게 약 삼 분에서 오 분 정도를 추천합니다.

○ 오 분 들어갔다가 나와서 쉬고 다시 오 분. 이 과정을 두 번 반복하다가 괜찮다 싶으면, 원천 100퍼센트에 들어가는 게 좋다고 합니다.

공제와 나는 헬스클럽에서 기구를 바꿔가며 운동을 하듯 다양한 종류의 탕을 온천에서 알려준 매뉴얼대로 체험했다. 첫날이라 맛보기 정도라고 생각한 온천욕을 하는 데 두 시간이 금방 지나갔다.

• • •

　타마가와 온천의 조식 뷔페 메뉴는 주 고객인 암환자 투숙객을 배려해 간을 약하게 한 채소 위주의 건강식이었다. 현미밥을 포함한 서너 종류의 밥과 죽, 두 종류의 국과 스무 가지 종류의 반찬과 샐러드, 일본 어르신들의 소울푸드인 우메보시(매실 장아찌)까지, 소박하고 정갈한 한 끼 식사가 가능한 식단이었다. 메뉴 중 삼분의 일은 항암 식품의 끝판왕인 양배추로 만든 음식들이었다. 덕분에 이곳이 암환자들의 성지인 타마가와 온천임을 새삼 깨달았다.

　식사를 마친 후 타마가와 온천을 전국구 스타 온천으로 만들어준 암반욕장에 가기로 했다. 원천 부근에 위치한 암반욕장에서는 바닥의 돌 사이에서 뜨거운 열기와 미량의 자연방사선이 나오는데, 병원의 인공방사선과 달리 자연방사선은 암세포만 공격한 후에 몸에 쌓이지 않고 한 달 내에 몸 밖으로 빠져나간다고 한다. 준비물이 필요했다. 뜨거운 바닥의 열기로부터 화상을 입지 않게 해줄 돗자리와 건강한 열기를 오래 머물게 해줄 커다란 비치타월, 간이베개로 사용하거나 땀을 닦을 수 있는 수건이다.

숙소에서 나와 암반욕장이 있는 곳까지 걸어가는데, 수십 명의 사람이 저마다 돗자리를 옆구리에 낀 비슷한 차림새로 걷는 모습이 신기했다. 시코쿠 순례길 책에서 본 오헨로(시코쿠 순례길은 시코쿠를 중심으로 한 88개 사찰을 도보 여행할 수 있는데 이곳의 순례객들을 지칭하는 말)의 사진이 생각났다. 지팡이가 돗자리로 바뀌었을 뿐, 삶과 죽음의 경계에서 나오는 엄숙한 표정은 다르지 않았다.

암반욕장은 흡사 전쟁통에 판자와 비닐로 대충 지은 피난민 수용소 같았다. 우리는 까치발을 들고 먼저 누워 있는 사람들을 조심조심 피하며 구석 자리에 자리를 잡고 누웠다. 바닥이 설설 끓었다. 건강해지는 느낌. 고개를 돌리니 공제가 어느새 잠들어 코를 골고 있었다. 나는 친구를 보며 그 어느 때보다 '오래 살고 싶다!'라고 생각했다.

• • •

타마가와 온천에서의 하루는 매일 비슷했다. 아침에 일어나 모닝 온천욕을 즐긴다. 양치를 하고 씻는다. 조식을 먹는다. 화장실에 간다. 전날 공동 건조장에서 말린 돗자리와 비치타월을 챙겨 암반욕장에 간다. 점심때 숙소로 내려와 샤워 겸 간단한 온천욕을 한 후 식사 준비를 한다. 메뉴로는 굴소스를 넣은 채소 볶음과 김치, 햇반, 매점에서 산 우동류나 일품 반찬 같은 것들을 주로 먹는다. 야외 족욕탕에서 책을 읽으며 휴식을 취한다. 오후 암반욕을 다녀온다. 저녁은 미리 장 봐놨던 초밥이나 회, 고기 같은 것들을 와인과 함께 마신다. 야간 온천욕을 하거나 실내 암반욕장에서 몸을 지진다. 잔다. 나야 치료를 위해 왔다지만 공제는 휴가를 내 놀러 온 것이기에, 조금은 심심한 스케줄에 변화가 필요할 것 같았다.

"매주 등산 다니고 온천 다니고 그러면 지겹지 않냐?"

"전혀! 산이 다 다르고 온천도 개성이 다 다르니까."

"그럼 가본 곳 중에 혼탕 있는 곳도 있었어?"

"있었지. 관광객보다 현지인들 많이 가는 곳은 혼탕 문화가 제법 남아있어. 마누라랑 같이 간 적도 있는데."

"헉!"

"일본 온천의 혼탕은 네가 생각하는 그런 분위기가 아냐. 다 할머니, 할아버지들뿐이야. 젊은 사람들은 누구 있으면 잘 안 들어와. 안 그런 경우도 가끔 있긴 하지만. 왜? 가보고 싶냐? 전에 와본 곳이 근처에 하나 있긴 한데, 바람이나 쐴 겸 가볼래?"

●　●　●

공제의 차를 타고 간 온천은 한 시간도 더 가야 하는 마치 드라마 세트장처럼 예쁜 온천이었다. 주차 후 타월 하나씩을 챙긴 우리는 혼욕이 가능한 노천탕으로 향했다. 공제는 마치 누군가를 찾는 것처럼 자꾸 두리번거렸다.

"그만 좀 두리번거려. 여자는 코빼기도 보이지 않네."

"그게 아니라, 지난번에 왔을 때 여기 시스템을 보니까 굳이 숙박을 하지 않더라도 노천탕 이용이 가능하겠더라고. 체크를 안 해. 가끔 정리하는 직원만 왔다 갔다 하고."

"아까 입장할 때 직원이랑 얘기하며 돈 준 거 아니었어?"

"아니, 노천탕에 사람 많냐고 물어본 건데?"

"그럼 우리 지금 몰래 들어온 거야?"

"괜찮아. 여기 규모가 있어서 직원이 투숙객 얼굴 다 기억 못 해."

"야! 나가자!"

소심하고 겁 많은 나에게 무전입욕은 무리였다. 심장이 숙소에 도착했을 때까지 쿵쾅거렸다. 그날은 공제가 도쿄로 돌아가야 하는 전날 밤이었고, 우리는 새벽까지 와인을 마시며 낮의 '허탕' 사건을 안주 삼아 낄낄거렸다. 술에 취할수록 회사를 매각하고 볼보 스포츠카를 모는 공제가, 노량진에서 함께 재수를 하던 스무 살의 공제처럼 보였다.

타마가와 온천에 가다 2

공제가 도쿄로 떠났다. 황금 같은 휴가를 온전히 나에게 써준 것이 고마웠고, 남편의 아픈 친구 때문에 며칠 독수공방한 그의 아내에게 미안했다. 다시 열 시간 넘게 운전을 해야 하는 공제였지만, 그리 걱정이 되지는 않았다. 공제 차의 반자율주행 시스템이 약간의 도움을 줄 것이고, 무엇보다 온천에 오며 경험한 일본의 고속도로 분위기는 사뭇 얌전했다. 한국의 고속도로가 OCN 액션 채널이라면 일본은 EBS 채널이었다.

처음부터 혼자 왔다면 적적함이 무뎌졌을까. 공제가 가고 나니 싱거운 농담을 주고받으며 함께 가던 족욕탕, 온천탕, 암반욕장과 매점 앞 볕 좋은 벤치가 흑백으로 바뀌었다. 그래, 놀러 온 게 아니다. 암환자는 암환자답게! 나는 다시 마음을 추스르고 돗자리를 챙겨 암반욕을 하러 갔다.

암반욕장 입구에는 못 보던 A4 용지 하나가 붙어있었다. 부족한 일본어 실력이지만 곰 사진만으로도 내용을 짐작할 수 있었다. 암반욕장 근처에 곰이 출몰했으니 특히 주의할 것! 아침에 식당에서 사람들이 쿠마(곰) 어쩌고 하며 전날과 달리 웅성거리는 느낌이 있었는데 이것 때문이었다. 처음 타마가와에 온 날 객실 로비에도 곰 출몰 주의 안내 인쇄물이 붙어있었다. 그때는 그냥 그런가 보다 하며 무심하게 지나쳤는데 암반욕장 근처에서 찍힌 곰 사진을 보니 실제 상황이라는 게 느껴졌다.

나는 매점에 들러 곰 방울을 샀다. 등산할 때 배낭에 달아 딸랑딸랑 소리가 나면 곰이 달아난다나 뭐라나. 배고픈 곰이라면 오히려 곰 방울 소리를 듣고 달려올 것 같은데, 아무튼 샀다. 암반욕장에 갈 때 한 번 들고 갔지만 아무도 곰 방울을 갖고 오지 않아 소리가 나지 않게 꽉 움켜쥐고 걸었다. 곰이란 말을 들으면 귀여운 푸우만

떠오르는데, 간혹 공격적인 곰은 엄청난 속도로 달려와 사람을 찢어 죽인다고 한다. 한번 만나보고 싶지만 그래도 만나지는 말자. 첫사랑 같은 곰아!

● ● ●

나는 외국에 나갈 때마다 일본인이라는 오해를 많이 받았다. 가수 비와이 헤어 스타일에 동그란 안경 때문인지도 모르겠다. 일본에서, 말레이시아에서, 베트남에서, 하와이에서, 누군가 나에게 말 걸 때는 다짜고짜 "곤니찌와(안녕하세요)" 아니면 "스미마셍(죄송합니다)"이었다. 해외니까 그럴 수 있다고 해도 한번은 인천 공항에서도 그랬다. 노스페이스 아웃도어 차림으로 공항 서점에서 한국어로 된 여행책을 뒤적일 때였다. 누가 봐도 전형적인 한국인 아재의 모습이었다. 비좁은 공간에서 몸을 움직이다가 이십 대 커플로 보이는 두 사람 중 여자와 살짝 부딪쳤다. 나보다 먼저 여자가 사과를 했다.

"스미마셍!"

놀랍게도 그 커플은 한국인들이었다. 나는 "죄송합니다!"라고 하려다 당황해서 아무 말도 못 하고 공항 서점을 나왔다.

타마가와 온천에서는 일본인이란 오해를 한 번도 받지 않았다. 일본어가 서툰 나는 과묵했고, 감사함과 미안함을 표현해야 할 때는 주로 목례를 했다. 자취부의 일본인 투숙객들은 같은 처지에 오랜 기간 매일 보는 사이다 보니 삼삼오오 모여 밥도 같이 먹으며 잘 뭉쳤다. 상대적으로 나이도 어리고 혼자 다니는 나는 그들의 눈에 띌 수밖에 없었고, 공동 주방에서 항상 김치를 꺼내 먹으니 다들 내가 한국인이라는 건 아는 눈치였다.

소심한 성격 탓에 그곳에서 나는 투명인간 같았다. 조식을 먹으러 가면 서빙을 하는 직원들이 힘차게 "이랏샤이마세(어서오세요)!"를 외치는데, 타마가와 온천에 온 지 며칠이 지났을 때 어떤 직원이 나를 보고 인사를 하려다 멈칫하기도 했다. 애기 나눌 상대도 없던 나는 짬이 날 때마다 온천 초입에 있는 매점 앞 벤치에 앉아있었다. 햇빛이 잘 들었고 시야가 탁 트여 암반욕장이나 온천 건물이 한눈에 들어오는 최고의 '명당'자리였다. 점심을 먹고 캔 커피를 마시며 담배를 피우고 있을 때였다. 암반욕장으로 향하던 한 무리의 아주머니(건강한 할머니 같기도 한)들이 말을 걸어왔다. 한국인이었다.

"한국인이세요?"

"네."

"여기서 이렇게 만나니 반갑네요!"

"네. 저도 반갑습니다."

"혼자 오셨나 봐요? 항상 여기 앉아 계시던데."

일상적인 안부를 주고받다가 놀라운 이야기를 들었다. 아주머니들 중에는 이름만 대면 알만한 우리나라 축구 국가대표의 어머니도 계셨는데, 대부분 암환자거나 아니면 오랜 지병이 있으셨다. 타마가와 온천에 다닌 지 십 년이 넘었고 모두 건강해진 상태라고 했다. 재발 방지 겸 친목 도모 여행 차원에서 매년 오고 있다고. 나도 암환자라고 했더니 한 아주머니가 입욕 팁을 알려주셨다. 암을 치료하고 싶다면 최소 한 시간, 가능한 오래 원천 100퍼센트 탕에 들어가 있을 것! 아주머니들은 컨디션 좋을 때 그 이상도 들어가 계신다고 했다. 온천의 상주 간호사 할머니가 알려주신 안전한 입욕 방법을 가뿐히 무시한 한국 아주머니들의 패기에 경외감이 들었다. 몸이 약한 어떤 일본인은 온천에 온 지 일주일이 지나서야 간신히 100퍼센트 탕에 들어가 오 분 정도 있었다는 이야기를 들었는데. 한국의 아주머니들을 만나 전혀 상상하지 못한 순간에 주책맞은 국뽕이 차올랐다. 이 정도면 K팝, K뷰티를 잇는 K줌마였다.

· · ·

매일 똑같은 코스를 반복하는 것이 지겨워서 신 타마가와 온천에 가보기로 했다. 타마가와 온천의 투숙객이라면 신 타마가와 온천의 시설도 무료로 이용할 수 있었다. 혹시나 하는 마음에 곰 방울을 흔들며 한적한 오솔길을 걸어갔다. 신 타마가와 온천은 나중에 생긴 시설답게 한 등급 더 높은 호텔의 외양을 갖추고 있었다. 깊이 1.5미터의 서서 들어갈 수 있는 탕이 추가로 있다는 것을 제외하면 온천욕장의 시설은 비슷했다. 이왕 온 김에 타마가와 온천에서처럼 정해진 순서에 따라 다양한 종류의 탕을 섭렵한 후 작은 의자에 앉아서 머리를 감을 때였다.

한 아주머니가 청소를 하러 들어왔다. '이 시간에 청소를 하는구나'라고 생각하다가 뭔가 좀 이상했다. 아주머니는 타마가와 온천의 직원 유니폼을 입고 있었고, 나는 당연히 실오라기 하나 걸치지 않은 상태였다. 황급히 미지근한 탕에 들어가 고개만 내밀고 아주머니를 경계했다. 아주머니도, 남탕에 있는 다른 사람들도 자연스럽게 자신의 일에 열중했다. 혹시나 근처에라도 올까 봐 조마조마해하는 건 나뿐이었다.

밖으로 나갈 타이밍만 재고 있을 때 어떤 할아버지가

119

아주머니에게 반갑게 인사를 했다. 할아버지에게서 몇 십 년 단골의 분위기가 느껴졌다. 아주머니도 정겹게 인사를 받아줬다. 이어지는 안부 교환 시간. 할아버지는 탕 옆의 계단 같은 의자에 앉아 아주머니를 향해 쩍벌남 자세로 말을 건넸다. 아주머니는 들고 있던 대걸레에 몸을 살짝 기댄 후 짝다리를 짚은 편한 자세로 할아버지와 대화를 이어나갔다. 혹시 내 눈에만 할아버지 옷이 안 보이는 건가란 생각이 들 정도로, 두 분 사이에 어색함이라고는 전혀 느껴지지 않았다. 아주머니가 나갈 때까지 탕 속에서 기다린 나는 퉁퉁 부은 몸을 대충 씻고 숙소로 돌아왔다.

●　●　●

줄곧 고독한 아싸로 지내다 사람들과 얕게나마 소통할 수 있게 된 건 전적으로 어느 부부 덕분이었다. 내 또래의 일본인 남편과 재일교포 아내를 우연히 알게 됐는데, 온천 이곳저곳에서 마주칠 때마다 재일교포 아내가 통역을 자처해줬다. 재일교포 아내의 일본 이름은 미도리였다. 친화력 넘사벽의 미도리가 일본인들에게 나를 소개할 때면, 별로 놀랄 것도 없는 나의 신상에 모두 "에~"라는 감탄사를 연발하며 친근하게 대해줬다. 인사를 하는 사람들이 늘어날수록 온천에서의 생활에 활기가 돌았다. 미도리는 원천 부근에서 유황 성분의 증기로 익힌 것이라며 호박과 감자, 계란을 주기도 했다. 나고야에서 대를 이어 장어 식당을 한다는 미도리 부부는 남편이 암이었다. 미도리는 고작 이 주 머무는 나와 달리 몇 달씩 투숙하며 남편의 병을 치료하는 중이라고 했다. 부부는 온천 내 일자리가 날 때마다 아르바이트를 하기도 했는데, 아침 먹으러 갔을 때 식당 주방에서 일하다 나오는 그들의 모습을 목격하기도 했다. 미도리는 귀여웠고 남자는 부러웠다.

온천에서 만난 일본 사람 중에는 파친코 마니아 아저씨도 있었다. 온천욕은 게을리하며 수시로 차를 몰고 나가 파친코를 하고 오는 아저씨는 한국 사람인데도 한국

말이 서툴렀다. 몇 년 전에 암 수술을 받고 매년 타마가와 온천에 방문한다고 했다. 경주 태생으로 한국에 한 번도 안 와봤다는 말이 이상했다. 아저씨는 의사가 술을 마시면 안 된다고 했다는데 매일 밤마다 기분 좋게 취한 상태셨다. 주로 흡연실에서 마주쳐 인사를 할 때면 아저씨의 어설픈 한국어와 나의 어설픈 일본어가 만나 유치원생이 대화를 나누는 것 같았다. 아저씨는 만날 때마다 아사히 캔맥주를 하나씩 주기도 하셨다.

해피 아줌마는 내가 붙인 닉네임이다. 나보다 다섯 살 정도 많아 보이는 아줌마는 온천의 모든 투숙객이 친구인 것 같았다. 어디선가 유쾌한 웃음소리가 들리면 여지없이 해피 아줌마가 누군가와 활기차게 얘기를 나누고 계셨다. 미도리가 해피 아줌마에게 내 얘기를 한 건지 한 번은 해피 아줌마의 방 앞을 지나갈 때 얼떨결에 끌려 들어갔다. 열 명도 잘 수 있을 것 같은 다인실에 가족처럼 보이지 않는 할아버지와 할머니 몇 분이 주무시고 계셨다. 해피 아줌마가 주섬주섬 무언가를 꺼내 내 손에 쥐어주셨다. 녹차라고 생각했는데 자세히 보니 정체불명의 차였다(나중에 안 사실이지만 암환자들 사이에서 유명한, 특별한 허브티였다!). 어수선한 분위기에 옆방의 미도리가 나와서 반갑게 인사를 하며 통역을 해줬다. 해피 아줌마의 몸 상태는 많이 안 좋은 편이었다. 암 수술도 여러 차례, 몸 이곳저곳에 전이도 많이 됐다고 했다. 해피 아줌마가 갑자기 팔뚝을 걷어붙이며 보여준 오른팔은 차마 계속 보고 있기 힘들 정도로 징그러웠다. 한때 환 공포증이라고 사람 몸에 징그러운 해바라기씨 같은 걸 합성한 사진이 유행한 적이 있는데, 해피 아줌마의 팔 상처가 딱 그랬다. 해피 아줌마는 난감해하는 나를 아랑곳하지 않고 씩씩하게 얘기했다.

"이 차가 날 살렸어요. 내 팔에 난 상처의 크기도 차를 꾸준히 마셔서 반 이상 줄어든 거예요. 암환자들이 마시는 차 중에 제일 유명하고 효과 있는 차거든요. 한국에서도 팔지만 짝퉁이 많아서, 나중에 더 구해서 먹을 거면 꼭 일본에서 파는 걸 사세요. 일단 이거 선물로 줄 테니 먹어봐요!"

미도리의 동시통역 덕분에 해피 아줌마의 선의를 그 자리에서 알 수 있었다. 예의를 차리며 사양했지만 해피 아줌마는 막무가내로 내 손에 차를 쥐어주고 또 어딘가로 바쁘게 걸어가셨다. 그 후에도 타마가와 온천에서 만난 사람들에게 나는 많은 것을 받았다.

●　●　●

도쿄로 돌아갈 날이 며칠 남지 않았을 때였다. 다다미방에 누워 책을 보고 있는데 누군가 방문을 두드렸다. 일본인 할머니 두 분이 트렁크를 옆에 세워두고 커다란 비닐봉지를 건넸다. 온천에서 오며 가며 마주칠 때마다 인사를 한 사이라 안면은 있던 할머니들이었다. 일본어라 제대로 못 알아들었지만 눈치로 보아 퇴실을 하며 남은 먹거리들을 내게 주는 것 같았다. 짐을 줄이기 위해 주는 것치고는 너무 푸짐했다. 우동, 카레, 치즈, 과자, 통조림 등 종류도 다양했다. 인스턴트 제품이 대부분이었지만 슬슬 부식이 떨어질 때쯤이라 가뭄에 단비 같은 선물이었다. 고맙다는 말과 함께 꾸벅 인사를 건네고 할머니들의 짐을 온천 입구 쪽 버스가 정차하는 곳까지 들어드렸다.

가장 뭉클했던 순간은 도쿄로 가기 전날 밤이었다. 나는 경주 아저씨랑 흡연실에서 같이 담배를 피우고 있었다(참 답 없는 암환자들의 모습이란 걸 알지만!). 하룻밤 뒤의 기약 없는 헤어짐에 아쉬움을 나누고 있을 때, 미도리와 남편이 흡연실로 들어왔다. 담배도 피우지 않는 두 사람이 환한 미소를 지으며 흡연실로 들어온 이유는 바로 알 수 있었다. 내가 퇴실하는 당일 오전에 식당 주방에서 일을 해야 하기 때문에 인사를 못할까 봐 미리 온 것이었다. 일본어와 한국어를 섞어가며 네 명이 이런저런 이야기를 하고 있으니 어느새 해피 아줌마까지 합세해 흡연실의 인원이 다섯 명으로 늘어났다.

갑자기 미도리가 뭔가 생각났다는 듯이 나가더니 복도에서 흡연실에 있던 우리를 불렀다. 혹시나 남에게 폐를 끼치지 않을까 조용조용 지내는 일본 특유의 평소 분위기와 다른 이례적인 왁자지껄함이 복도를 채웠다. 미도리는 연세가 지긋해 보이는 할머니를 부축하고 복도에 서있었다. 미도리가 나에게 빨리 할머니를 만지라며 재촉했다. 일본에는 장수한 사람의 몸을 만지면 좋은 기운을 받는 미신이 있다고 했다. 새 차를 사면 집안이나 주변의 장수한 어르신을 데려와 차를 만지게 해 무사 운행을 기원하기도 한다고. 인자한 미소를 짓고 계신 할머니의 연세는 아흔둘이었다. 나는 조심스럽게 할머니의 팔을 쓰다듬었고, 핸드폰으로 다 같이 기념 촬영을 했다.

- - -

병원에서도 포기한 암환자들이 타마가와 온천에 와서 병이 나은 사례는 수도 없이 많았다. ph 1.2의 강산성 온천수도, 암반욕장 바닥에서 뿜어져 나오는 자연방사선도 회복에 일조를 했겠지만, 그게 다는 아닐 것이다. 곰이 나타날 정도로 인공적인 것과는 거리가 먼 산속 깊은 곳에서 몸에 좋은 것들을 먹으며, 비슷한 처지의 사람들과 온기를 나누고 희망을 주고받는 시간은 틀림없이 건강에 유익할 것이다. 암반욕장에서 까무룩 잠이 들어 몸을 덮은 비치타월이 풀어헤쳐지면 말없이 여며주는 옆자리 할머니와, 휴대용 방사선 측정기로 찾아낸 자신만의 비밀스러운 스폿을 알려주며 내일은 당신이 와서 이용하라고 말해주던 어떤 아저씨까지.

소담스럽게 내리는 아키타의 첫눈을 헤치며 타자와코 역까지 가는 버스 안에서, 며칠간 나에게 일어났던 따뜻한 에피소드를 공제에게 이야기해줄 생각으로 엉덩이가 들썩거렸다. 도쿄에서 공제를 만나면 늘 가던 간다의 에도코 스시에 가자고 할 것이다. 네타(초밥에서 밥 위에 올라가는 재료)를 다른 집의 두 배로 올려주는 에도코 스시에서 우니 스시를 입안 가득 집어넣고 신나서 이야기를 하겠지. 헤어질 때는 술기운을 빌려 공제에게 꼭 얘기해야겠다. 나를 타마가와 온천에 데려가줘서 고마웠다고.

고창에서 준영이와 먹었던 것들

준영이는 십 년 전쯤 글쓰기 모임에서 알게 된 친구다. 무난한 술친구에서 단둘이 여행을 갈 정도로 친해진 건 좀 의외였다. 준영이와 나는 참 많이 다르기 때문이다. 준영이는 키가 크고 나는 작다. 인터넷 검색을 할 때 준영이는 네이버를 이용하고 나는 다음을 이용한다. 정치, 경제, 사회 문제를 바라보는 시각도 반대인 경우가 많았다. 준영이는 리더형이고 나는 참모형이다. 준영이는 이하늬 같은 여자를 좋아하고 나는 아이유 같은 여자를 좋아한다. 이상형이 안 겹치는 건 진짜 다행이다. 준영이는 춤추고 노래하는 걸 좋아한다. 잘 논다는 소리다. 나는 삼치처럼 담백한 남자다. 음치, 박치, 몸치란 소리다.

여러모로 겹치는 구석이 없어 처음에는 깊은 교분을 쌓기 무리라고 생각했다. 우리는 다르다는 걸 알기에 술에 취해도 끝까지 가는 대화를 하지 않았다. 달라서 생긴 거리감은 십 년이 지나 안전거리로 바뀌었고, 흔한 다툼 한번 없이 잘 지내는 비결이 되었다. 준영이가 고창에 놀러 왔다. 타이틀은 문병이었지만 먼 길 잘 왔다는 생각이 들 정도로 대접하고 싶었다. 준영이가 고창 시외버스터미널에 도착한 시간이 점심때여서 밥을 먹으러 갔다.

● ● ●

고창은 장어와 복분자, 수박이 유명하다. 풍천장어로 유명한 고창의 장어는 서울보다 조금 저렴하다는 것 외에 별다른 맛의 차이점은 없었다. 원래 달달한 술을 좋아하지 않아 복분자도 그냥 그랬고, 고창 수박은 비싸서 한 번도 못 먹어봤다. 수출을 하는 건지, 백화점에서만 파는 건지 고창 수박은 동네 마트에서도 볼 수 없었다.

일 년 가까이 살아본 초보 현지인의 입장에서 고창의 맛있는 먹거리는 따로 있었다. 특산물은 아니고 맛집이다. 내가 뽑은 고창의 첫 번째 대표 맛집에 준영이와 점심을 먹으러 갔다.

차를 몰고 한 시간 넘게 이동해 도착한 곳은 간장게장을 파는 우정회관이다. 맛집 소개 프로그램인 〈수요미식회〉에도 나온 집이라는데 고창에 오기 전까지는 모르는 곳이었다. 우정회관에서 처음 간장게장을 먹었을 때의 감동을 잊을 수가 없다. 아버지 고향이 꽃게가 흔한 서산이라 간장게장이라면 어디 가서 먹어봤다는 소리 좀 하며 살아왔는데, 우정회관의 간장게장은 지금껏 먹어왔던 것들을 그냥 간장게장으로 만들어버린 티오피 간장게장이었다. 일단 짜지 않았다. 짜지 않은 간장게장을 먹어본 적이 있던가. 간은 슴슴한데 감칠맛이 하늘을 찔렀다. 말도 안 되게 맛있는 것을 먹어서 부모님에게 택배를 보낸 적이 손에 꼽을 정돈데 우정회관이 그런 곳이었다. 잘 노는 준영이니까 신사동 간장게장 골목 좀 다녀봤을 거다. 오랜만에 만난 친구는 안중에도 없이 걸신들린 듯 간장게장을 먹는 준영이를 흐뭇하게 쳐다봤다.

. . .

점심을 맛있게 먹고 고창의 유일한 극장인 동리시네마에서 영화를 봤다. 1관 62석, 2관 31석의 귀여운 영화관이지만, 그래도 개봉관이고 단관이 아니기에 나름 멀티플렉스였다. 영화를 보고 나와 바로 옆에 붙어있는 고창읍성을 걸었다. 제멋대로 휘어 자란 토종 소나무가 노을빛을 받아 평소보다 더 붉어 보였다. 고창읍성의 핫스폿은 맹종죽림이다. 한낮에도 으스스한 기분이 들 정도로 빽빽한 대나무 숲인데, 고창읍성 안쪽에 위치해 일부러 찾아가지 않으면 모를 수도 있는 곳이다. 나도 고창읍성을 서너 번째 가고 나서야 발견했다.

대망의 저녁 메뉴는 게르마늄 온천 바로 옆에 있는 본가라는 식당의 대합 정식이었다. 평소에 바지락 국밥을 먹으러 가끔 가던 곳인데, 귀한 손님이 왔다는 핑계를 대고 대합 정식을 먹어보고 싶었다. 백합탕부터 무침, 회, 구이, 전까지. 접시가 코스 요리처럼 차례대로 나오다가 합쳐져 푸짐한 한 상이 되었다. 소박한 입맛이라 백합의 맛을 제대로 느꼈는지는 잘 모르겠다. 그래도 친구에게 좋은 식재료에 정성 담긴 비싼 음식을 사준 것 같아 기분이 좋았다. 의외로 내가 꽂힌 메뉴는 반찬으로 나온 꼬시래기 무침이었다. 꼬시래기란 말을 들어본 것도, 먹어본 것도 고창에서 처음이었는데 식감이 굉장히 특이했다. 라면과 생라면의 중간 어디쯤 식감을 내는데 직접 씹어 먹어봐야 알 수 있다.

집으로 돌아와 TV를 틀어놓고 캔맥주를 마시며 여자 연예인에 대한 이야기를 하다 잤다. 세월이 흘러도 친구와 술을 마시면 언제나 처음 만났을 때의 나이로 돌아간다.

• • •

아침 겸 점심으로 해장을 하러 간 곳은 인천회관이란

식당이었다. 새우탕과 송사리탕, 메기탕을 파는 곳인데 새우탕이 시그니처 메뉴다. 나는 식당에서 새우탕을 먹어본 적이 한 번도 없었다. 파는 곳을 본 적도 없었다. 민물새우로 끓여내는 새우탕은 집에서 어머니가 해주시던 음식이었다. 어머니는 국물을 자박하게 해서 무를 잔뜩 넣어 끓여주셨는데, 인천회관의 새우탕은 국물이 넉넉하고 새우가 삼백 마리 정도는 될 정도로 푸짐했다. 가격은 1인분에 딸랑 만 원이었다. 새우의 뾰족한 머리나 더듬이가 입안을 찔러 아이들이 먹기에는 적당하지 않았지만, 뜨거운데 시원하다는 말도 안 되는 표현이 말이 된다고 생각하는 어른들이라면 누구나 좋아할 맛이었다. 준영이는 새우가 삼천 마리 정도 들어간 새우탕을 보고 입맛을 다시며 핸드폰을 꺼내 사진부터 찍었다.

"이거 서울에서 팔면 얼마 받을까? 일자리만 있으면 나도 고창에서 살고 싶다."

"차로 십오 분 거린데 나도 자주는 안 와. 누구 오면 그때나 한 번씩 먹는 거지."

우리는 새우가 삼만 마리 정도 들어간 새우탕을 바닥이 보이도록 먹고 나와서, 식당 근처의 마을 오두막을 찾아내 신발을 벗고 올라가 누웠다. 준영이는 스마트폰으로 서울 가는 차편을 알아봤고, 나는 빨간 알림 표시 하나 없는 페이스북을 무심하게 확인했다. 가끔씩 컹컹 개 짖는 소리가 났고, 고창의 새우탕을 같이 먹는 날이 다시 있을까 생각했다. 버스터미널에서 준영이는 하룻밤 사이에 3킬로그램은 찐 것 같다고 투덜대며 서울행 버스에 몸을 실었다. 쓸쓸했다. 아는 사람 하나 없는 고창에서의 생활을 정리하고 준영이랑 같이 서울로 가고 싶다는 마음이 들었다. 버스가 시야에서 완전히 사라졌을 때, 며칠 전 책에서 본 짧은 시 한 편이 생각났다.

해남에서 온 편지

배추는 먼저 올려 보냈어.
겨울 지나면 너 한번 내려와라.
내가 줄 것은 없고
만나면 한번 안아줄게.

—《운다고 달라지는 일은 아무것도 없겠지만》 중에서

암환자가 동쪽으로 간 까닭

고창으로 이사 온 지 일 년 만에 이사를 가기로 했다. 애초에 피톤치드를 가장 많이 만들어내는 편백나무, 편백나무가 가장 많은 축령산, 축령산에 다니기 위한 장성 옆 고창이 서울에서 내려온 이유였다. 문제는 축령산에 가본 지도 몇 달이 지났다는 것!

나는 광고 카피 학원을 제외하곤 한 달 이상 꾸준히 다녀본 학원이 없는데, 가장 큰 이유는 선천적 인내심 부족이었다. 두 번째 이유는 제법 그럴듯한 핑계다. 겨울에는 추워서 산에 가는 것이 곤란했다. 정상 찍고 오는 등산이 아니라 편백나무 숲에서 몇 시간씩 있다 오는 나의 산행 패턴이 추운 겨울과는 맞지가 않았다. 여름에는 청바지도 뚫는 산모기 떼가 나를 밀어냈다. 결국 봄가을에 열심히 다녀야 하는데 하루가 멀다 하고 발령되는 미세먼지주의보 때문에 외출이 꺼려졌다. 효능이 수상쩍은 게르마늄 온천도, 서울과 너무 멀어 깊어지는 고립감도 정신 건강에 안 좋다는 판단이 들었다.

인터넷을 찾아보니 섬을 제외하고 우리나라에서 미세먼지의 피해가 가장 적은 지역은 영동 지역이었다. 미세먼지가 심한 날이야 전국이 흙먼지의 사정권이겠지만, 미세먼지주의보가 발령되는 날 수로 비교하니 속초, 양양, 강릉이 압도적으로 맑았다. 중국에서 넘어온 미세먼지가 아주 심하지 않은 정도라면 태백산맥이 한번 막아주는 것 같았다.

도쿄에서 타마가와 온천보다 멀게 느껴진 고창에서 속초까지 기진맥진 운전을 하고 가서 둘러본 날, 속초의 수돗물에 문제가 있어 집집마다 연수기를 쓴다는 예전 기사를 봤다. 기사에서는 주변 곳곳의 시멘트 공장을 원인으로 지목했다. 속초 일부 지역의 일시적 문제일지 모르겠지만 하루 답사로 거취를 결정해야 하는 외지인 입장에서 께름칙했다.

　다음 날 아침을 먹고 강릉으로 이동했다. 부동산을 통해 본 집들은 다 성에 안 찼다. 포남동이란 곳에 지은 지 삼십 년은 됐을 법한 주공아파트를 보러 갔다. 관광지와 떨어진 아파트 단지라 그런지 놀이터에서 아이들 웃음소리가 들렸다. 강릉이 아니라 경기도 어디쯤에 있는 것 같은 반가운 느낌에, 서민들이 살 부비며 살 것 같은 그곳으로 이사를 결정했다.

　　　　　●　●　●

　살면서 본 가장 멋진 일몰은 말레이시아 랑카위에서였다. 매트 바에서 코로나 맥주를 마시며 일몰을 즐길 때 행복하다고 느꼈다. 천국이 있다면 이런 모습이겠구나, 라고 생각했다. 바로 옆에 준영이가 있어 랑카위구나, 하고 바로 깨달았지만. 경험한 최고의 일출은 잘 떠오르지 않는다. 경주로 떠난 고등학교 수학여행 때였을까. 친구들과 새벽까지 기억도 안 나는 작당 모의를 하다 잠들어 힘들게 일어나 보러 간 일출이 감동적이긴 쉽지 않다.

어른이 되어서 일출에 대한 인상적인 기억은 더더욱 없다. 동해로 놀러 가야 볼 수 있는 일출이었을 테니, 여행지에서의 들뜬 마음으로 매번 과음을 한 후 늦잠 자다 일출을 놓쳤을 거라고 짐작한다.

강릉으로 이사한 후 송정해변에 자주 갔다. 위쪽의 경포대나 아래쪽의 안목해변은 관광지 느낌이 많이 나서 어수선한데, 송정해변은 가게도 별로 없는 송정동 주민들의 소박한 동네 바다였다. 조그만 매점에서 흘러나오는 철 지난 가요가 옥에 티였지만, 제이슨 므라즈가 어울리는 젊음의 안목해변과 달리 송정해변은 또 그런 노래가 어울리기도 했다.

아침 일찍 일어나 송정해변에서 자주 일출을 봤다. 마음이 시끄러울수록 더 자주 보러 갔다. 다음은 별것 아닌 어느 날의 일출 감상평이다.

○ 해가 뜨기 십오 분 전에 자판기 헤이즐넛 커피 한

139

잔을 뽑아 자리를 잡는다.

○ 새벽의 서늘한 냉기를 외투 한 장으로 견디며 천천히 세상이 깨어나는 것을 느낀다.

○ 조금 밝아진 사위에 '해가 이미 뜬 건가' 하며 마음이 흔들릴 때, 새빨간 해가 잠수를 마치고 수평선 위로 쑤욱 떠오른다.

이래서 다들 동해로 일출을 보러 오는구나, 라는 생각이 절로 든다. 페이스북에 일출 사진을 한 장 올리고 '미루지 말고 오늘 해!'란 제목을 단다.

● ● ●

10킬로미터 단축 마라톤 대회에 출전하기 위해 운동을 시작했다. 안목해변부터 경포대까지 이어진 해변 솔밭길이 나의 운동 코스다. 하루도 거르지 않고 꾸준히 체력 관리를 소홀히 했던 탓에 은근슬쩍 중간에 걷기도 하지만, 어쨌든 완주를 한다. 이 코스의 장점은 중간에 다양한 볼거리가 있어 혼자 뛰는 시간이 지루하지 않다는 것이다.

제일 먼저 만나는 것이 인근 경계부대의 군인 아저씨들이다. 이십 년도 훨씬 지난 나의 군 시절을 생각하면 아저씨란 호칭은 정말 억울한 수식어인데.

그들을 뒤로하고 송정해변을 지날 때는 카이트 서핑을 하는 사람들이 이국적인 풍경을 자아낸다. 멀리서 볼 때는 낙하산 같은 연을 동력으로 바다에서 보드를 타는 청년들이 멋있다고 생각했다. 가까이서 보니 대부분 배 나온 사오십 대 아저씨들이었다. 인터넷에서 알아보니 비용이 만만치 않은 스포츠였다. 빨간 스포츠카의 비애란 말이 생각났다.

운이 좋으면 말을 타고 지나가는 남자를 볼 수도 있다. 가까이서 들리는 말발굽 소리와 생각보다 큰 말의 위용이 꿈속의 장면 같기도 했다.

딴봉마을 산책로에 진입하면 얼마 지나지 않아 지금의 솔숲을 만드는 데 평생을 바쳤다는 최봉조 선생의 석상이 나온다. 머리에 네모난 것을 이고 있는 외양이 눈에 띄어, 지인이 놀러 오면 초당 두부를 만든 창시자의 석상이라고 뻥을 치기 좋다.

황학동에서 샀을 것 같은 휴대용 스피커로 트로트를 크게 틀고 자전거를 타는 할아버지(혹은 아저씨)들은 볼 때마다 기분이 안 좋다. 솔숲 산책로 곳곳에는 '자전거 진입 금지'라는 플래카드가 붙어있지만, 한국에는 법을 우습게 생각하는 나이 많은 남자들이이 너무 많다.

경포대 도착 직전의 간이 화장실이 있는 쉼터가 반환점이다. 나는 물을 마시며 운동 앱을 멈추고 잠깐 휴식을 취하다 왔던 길로 다시 뛰어간다.

● ● ●

오랜만에 동네 이마트에 갔다. 친환경 양배추 한 통에 팔천오백 원. 너무 비싸 친농약 코너로 발길을 돌리니 조그만 양배추 한 통에 삼천오백 원. 항암 끝판왕 채소인 양배추 먹기가 점점 힘들어진다. 통장 잔고가 눈에 띄게 줄었다. 그 많던 보험금을 어디에 쓴 걸까.

나는 진짜 암환자일까

어느 날 갑자기 암환자가 되었지만 암 선고를 받기 전에 의심할 만한 증상이 아주 없지는 않았다. 암 선고를 받기 직전의 겨울, 나는 유난히 추위를 많이 탔다. 내복에 보온력 좋은 패딩 점퍼를 껴입어 중무장을 해도 몸이 덜덜 떨렸다. 직장 다니던 시절에 다른 사람들은 아랑곳하지 않고 에어컨을 끄던 여직원이 생각났다. 나는 더위를 많이 타는 체질이라 그 여직원이 참 미웠었다. 연락처를 찾아내 그땐 이해하지 못해서 미안했다고 사과를 하고 싶을 만큼, 유독 추운 겨울이었다. 그저 운동을 게을리하고 술을 많이 마셔 체력이 약해졌다고만 생각했다. 오한이 암 증상 중 하나란 걸 그때는 상상조차 못했다.

다른 증상도 있었다. 체중이 급격히 빠졌다. 살아오면서 내 인생에 뚱보란 별명을 가져본 적은 없었다. 하지만 사십 대가 된 후로는 배가 나왔고 식사량을 줄여도 기초대사량이 줄어든 탓인지 조금씩 체중이 불었다. 추레한 아저씨가 되기는 싫었지만, 여러 번 시도하고 자주 포기했던 다이어트는 큰 효과를 보지 못했다. 고개를 숙이면 엄지발톱이 보이지 않을 만큼 배가 나왔을 때, 하루에 한 끼는 무조건 굶었다. 맛있게 먹던 혼술 안주를 술에 취하면 갑자기 버리고, 다음 날 일어나 전날의 주사를 뿌듯해했다. 드디어 다이어트 효과가 시작됐다고 착각했다. 불과 몇 개월 사이에 10킬로그램 넘게 빠진 건 다이어트 효과가 아니라 암 증상이었다.

• • •

정부 기관의 건강 관련 홍보물을 제작한 적이 있다. 후배 회사의 일감이었고, 나는 프리랜서로 작업에 참여했다. 주로 과잉 진료의 문제점 및 개선 방향, 세금 절감 같은 딱딱한 내용이었던 걸로 기억한다.

눈길을 끈 건 갑상선암 수술 건수의 변화를 연도별로 정리한 그래프였다. 완만한 기울기를 그리던 선이 갑자기 급격한 경사를 이루면서 수술 건수가 많아졌는데, 그 지점은 관련 제도가 바뀌어 갑상선암 수술이 병원에 돈이 되는 시점을 의미했다. 다시 말해 추이를 더 지켜보다 갑상선암 판정을 내려도 될 환자(작은 종양이 시간이 지나면서 소멸되어 자연 치유되는 경우도 있다!)에게도 성급히 암 선고를 내려 마구잡이 수술을 했다는 합리적 의심이 드는 대목이었다. 보험회사에서 지급하는 갑상선암 보험금이 비교적 소액인 것도 뭔가 공교롭지 않은가.

〈나는 자연인이다〉, 형의 죽음, 정부 기관 건강 관련 홍보물에 수록된 그래프, 말이 짧았던 의사까지. 그들이 환상의 팀워크로 드리블해 나에게 어시스트한 항암 치료 거부는 운명이었을까.

· · ·

　의사가 말했던 치료 거부 시 예상 최장 생존 기간 이 년이 지났다. 내가 맞고 의사가 틀린 것이다. 암 선고를 받고 항암 치료를 거부하기로 결정했을 때, 아무 탈 없이 이 년이 지나면 다시 그 병원에 가서 재검진을 받을 생각이었다. 사라진 암세포의 행방을 추궁하며 의사 앞에서 의기양양해할 속셈이었다. 막상 그날이 되고 보니 허탈했다. 내 몸의 암세포는 사라졌을까? 그대로일까? 아니면 이 년 전에 내가 눈치를 못 챘듯이 늘어났을까? 어느 쪽도 확신할 수 없었다. 비로소 '시한부' 시한부 인생이 끝났지만, 나는 암에 걸리지 않은 사람보다 더 불량한 일상을 보냈다. 혼술이 늘었고 여전히 담배도 피워댔다. 좁아진 인간관계, 과거에 대한 후회, 현재의 고독 혹은 고립감, 막막한 미래. 술 마실 이유는 넘쳐났다. 운동을 거르게 만드는 무기력은 그 어떤 무기보다 강력했다. 그렇게 출구 없는 날이 계속됐다.

운수 좋은 날

공제가 휴가를 내고 나를 만나러 강릉으로 왔다. 하네다 공항에서 김해 공항으로 오는 저렴한 비행기 표를 우연히 발견해서 온 거라고, 공제는 도착하자마자 괜한 너스레를 떨었다. 타마가와 온천에 함께 갔을 때를 제외하고 공제는 항상 부인과 세트였다. 말을 하지 않아도 공제와 약속을 잡으면 의례히 부인과 함께 본다는 것이 우리만남의 룰이었다. 갑자기 혼자 온 공제가 걱정이 되었다.

"싸웠어?"

"아니, 왜? 혼자 와서?"

"타마가와 갈 때야 아픈 친구 에스코트라는 명분이라도

있었지, 이번에는 어떻게 온 거야? 괜히 불안한데."

"그냥 놀러 왔어. 이럴 때도 있는 거지!"

 공제의 트렁크를 아파트에 두고 술을 마시러 갈 때였다. 즐거운 수다를 떨며 걸어가는데 갑자기 눈물이 나왔다. 나는 깜짝 놀랐고 공제도 당황한 기색이 역력했다. 이십 대 때 울 일은 여자한테 차이고 술에 취했을 때다. 삼십 대 때 울 일은 하는 일이 안 되고 술에 취했을 때다. 사십 대 이후에 울 일은 부모님이 돌아가시고 술에 취했을 때다. 남자가 친구 앞에서 울 일은 그 정도라고 생각했다. 공제와 나는 그런 친구 사이였다. 술도 마시지 않은 대낮에 오랜만에 만난 친구 앞에서 왜 눈물이 나왔는지 설명할 수가 없었다. 나를 보러 와준 공제가 고맙고, 아픈 상황이 서럽고, 혼자인 것이 외로워서였을까, 라고 생각해도 민망하고 의아한 눈물이었다. 어색하게 말을 돌리며 술집으로 간 우리는 예전처럼 술을 마셨다.

．．．

4박 5일 내내 공제와 술을 마셨다. 강릉에서 이틀, 대구에서 이틀을 함께 놀고 공제를 김해 공항에 바래다줬다. 김해 공항에서 강릉까지 운전을 하고 돌아와 완전히 뻗어버렸다. 똑같은 아침이었다. 과음 다음 날 아침의 속 부대낌, 여행 다음 날 아침의 익숙한 여독. 거울 속의 내 얼굴은 똑같지 않았다. 경기에 진 권투 선수처럼 눈두덩이와 코가 부어있었다. 나는 셀카를 찍어 일성이와 준영이가 있는 카톡 단체방에 사진을 올렸다.

술을 좀 줄여야 될까 봐.

쯧쯧. 자알 한다. 암환자라는 양반이….

헉! 나 이제 너랑 술 안 마실 거야. 그 정도면 병원 가야 되는 거 아냐?

괜찮아지겠지. 일본에서 공제가 와서.

이번에 좀 심하게 마시긴 했다.

아냐. 부기가 심상치 않다. 병원 가봐.

며칠 지나보고.

이번에도 내가 맞았다. 하루 이틀 지나 부기는 점점 가라앉았다.

. . .

연선이는 대학원 다닐 때 만난 전 여자 친구다. 전 여자 친구들을 생각하면 잘해주지 못한 것이 떠올라 늘 미안한데, 연선이는 그중에서도 가장 미안했다. '헤어진 남자 친구가 하는 최악의 행동' 중 항상 상위권을 유지하는 '자니?' 연락하기 실수와 '집 근처야!' 찾아가기 실수를 여러 번 했기 때문이다. 미련이 남은 건지, 바보 같았던 지난날을 용서받고 싶은 건지, 둘 다인지. 대구에서 공제와 술을 마실 때도 같은 실수를 반복했다. 그런데 연선이에게서 답이 왔다. 의외였다. 반복되는 내 실수에 연선이가 무반응으로 대응한 지 오래였기 때문이다.

연선이는 장례식장에서 우연히 일성이의 차를 얻어 타 내 소식을 들었다고 했다. 친하지 않은 사이에 연선이가 일성이 차를 얻어 타게 된 것도 우연이었고, 입 무거운 일성이가 내 이야기를 한 것도 의외였다. 동정심의 발로였는지 모르겠지만 연선이는 괜찮냐고 물어왔고 나는 보고 싶다고 대답했다. 암환자 주제에 흑심이 있어 그렇게 답한 건 아니었다. 언제 죽을지 모른다고 생각하니 보고 싶은 마음 그 자체로 충실하게 보고 싶었다.

-중략-

연선이의 손을 잡고 안목해변에서 경포대까지 이어진 소나무 숲길을 걸었다. 지난밤 연선이와 술을 너무 많이 마신 건지 다시 안목해변에 도착할 때쯤 숨이 차올랐다. 연선이가 식은땀까지 흘리는 나를 한심하다는 듯 쳐다봤다. 대학원 다닐 때 내가 좋아하던 연선이의 모습이었다.

강의는 등한시하고 사람들과 어울려 술이나 마시러 다니는 나를, 연선이는 늘 한심한 눈으로 쳐다봤다. 소심하고 예민한 성격이라 누가 날 그렇게 보면 기분이 나빠야 정상인데, 이상하게 연선이의 눈빛만은 예외였다.

노트북을 하나 들고 자주 가던 카페 씨엘에 들어가 바다가 보이는 이층 창가 자리에 앉았다. 연선이가 아직까지 결혼을 안 한 것도, 내가 암에 걸린 것도, 우리가 다시 만난 것도, 느지막한 나이에 또다시 연인이 된 것도, 모두 말도 안 되는 일이라고 생각했다.

나는 잘 살고 싶어졌다. 나태해진 일상을 바로 잡고, 열심히 글을 쓰고, 달리기도 거르지 않고, 몸에 해로운 것들을 멀리하며, 최선을 다해 연선이와 행복한 날들을 만들어가고 싶어졌다. 골똘히 혼자만의 생각에 빠져 있을 때였다. 연선이가 커피 잔을 예쁘게 내려놓고 나를 보며 얘기했다.

"바보 같이 웃지 마!"

X에 X를 더해
X가 되기로 했다

뉴클리어 런치 디텍티드

연선이와의 재회로 은색이 살짝 섞인 핑크빛 미래가 시작됐다. 나이 먹고 새로 시작한 연애는 생각보다 괜찮았다. 익숙함의 동의어는 식상함이 아니라 편안함이었다. 연선이가 강릉까지 바리바리 싸 들고 온 밑반찬을 안주 삼아 정답게 술잔을 기울이는 행복이, 오랫동안 꿈꿔왔던 결혼생활과 닮아있었다. 연선이가 강릉으로 오고, 내가 서울로 가고. 마음이 가까워질수록 서울과 강릉이 점점 멀게 느껴졌다. 자연스럽게 이사를 결정했다. 강릉 주공 아파트의 계약 기간이 많이 남아있었지만 상관없었다. 연로하신 부모님을 혼자 모시느라 결혼도 못한 연선이를 위해, 내 생활 반경을 바꿔 같이 있는 시간을 늘리고 싶었다.

가까우면 더 자주 드나들며 날 챙겨줄 거라는 연선이의 착한 말에도 부응하고 싶었다. 연선이네 집까지 걸어갈 수 있는 거리에 적당한 상가주택을 발견했다. 멀지 않은 곳에 산도 있어 건강 관리에도 신경 쓰리라 다짐했다. 주차장이 없어 중고차는 팔기로 했다. 이사를 하고, 짐 정리를 하고, 연선이의 동네 단골집에서 맛있는 것을 먹으며 데이트를 했다. 희망이 추가된 암환자의 생활은 나쁘지 않았다. 점점 멀쩡한 생활과 가까워지는 기분이 들었다.

· · ·

처음부터 그 녀석은 재수가 없었다. 느닷없고 무례했다. 샐러리 만두가 유명하다는 맛집에서 연선이와 즐거운 시간을 갖고 있을 때였다. 그 녀석은 식당 문을 열고 나타나 우리의 양해를 구하지도 않고 합석했다. 그 녀석은 방금 전까지 맛있기만 했던 요리들의 맛을 뚝 떨어트리는 묘한 재주가 있었다. 연선이와 도란도란 제주도 여행을 계획할 때, 그 녀석이 불쑥 나타나 화제를 돌리며 분위기를 냉각시켰을 때는 더 이상 참기가 힘들었다. 나는 그 녀석을 따로 만나 주의를 주기로 했다. 그 녀석의 망나니 같은 행동을 계속 방치했다가는 연선이와의 관계까지 흔들릴 것 같았기 때문이다.

"이제 그만 나타났으면 하는데."

"누구 좋으라고?"

"노력하고 있고, 해결한다고 했잖아!"

"무슨 노력?"

"…"

"기회를 한두 번 준 것도 아니고, 꼭 이렇게까지 하게 만든다니까. 만나봤자 피차 반가운 사이도 아닌데."

"나랑 연선이 돌고 돌아 힘들게 다시 만났어."

"지금 팔자 좋게 연애나 하고 있을 때라고 생각해?"

"…"

"발전 끝, 공격 시작!"

화려한 컴백이었다. 공백기라고 해도 좋을만큼 존재감 미미했던 이 년 육 개월을 뒤로하고, 강력한 퍼포먼스를 장착해 내 앞에 다시 나타난 것이다. 전의를 상실한 채 상가주택으로 돌아가는 길, 그 녀석이 기분 나쁘게 속삭이던 말이 귓가에 맴돌았다.

"뉴클리어 런치 디텍티드!"

· · ·

핵 발사를 감지했습니다! 독기를 품고 발전한 암세포의 공격은 매섭게 휘몰아쳤다. 시작은 EMP 쇼크웨이브였다. 피하려고 노력해봤자 헛수고였다. 순식간에 실드가 벗겨진 나는 온몸의 기력을 다 빼앗긴 것 같았다. 버스 한 정거장 거리를 걷는 것도 버거웠다. 노인네처럼 짧은 보폭으로 천천히 100미터를 걷고 나면, 가로수에 몸을 기대고 서서 한숨을 돌려야 다시 걸을 수 있었다. 아마도 만보기를 허리춤에 차고 생활했다면 하루 이동 거리가 천 보 미만이었을 것이다.

침대에 누워있는 시간이 움직이는 시간보다 더 많았다. 계속 졸렸고 끼니를 챙기는 것도 귀찮아 잠만 잤다. 컨디션이 좋은 날에는 열두 시간씩 잤고, 그렇지 않은 날에는 열여덟 시간씩 자는 경우도 있었다. 연선이가 시간 날 때마다 들여다보며 식사를 챙겨줄 때만 침대에서 일어나 잠깐씩 정신을 차리는 것이 일과의 전부였다.

오랜 기간 기회를 엿본 암세포에게 자비란 없었다. 다음 공격은 바이오닉 부대의 일점사였다. 타깃은 면역력이 다른 곳 지키러 떠난 사이 방어력이 제로가 된 코였다. 너무 아파서 그만하라고 해도 소용이 없었다. 한참을 두드려 맞다 공격이 잠시 멈춘 틈을 타 거울을 봤더니 코가 갓난아기 주먹만큼 커져있었다. 우스꽝스러운 모양도 문제였지만 통증이 장난 아니었다. 손가락이 코에 살짝만 스쳐도 눈물이 날 만큼 찌르르한 통증이 전해졌다. 코로나가 시작된 건 2020년 2월이지만 나는 2019년 10월부터 마스크를 쓰며 생활해야 했다. 마스크를 쓰고 벗을 때는 부은 코의 통증 때문에 절로 신음 소리가 났다.

●　●　●

'애초에 의사의 말을 들을 걸'이란 후회는 하지 않았다. 내가 선택한 자연치유의 방법이 틀렸다는 생각도 들지 않았다. 처음의 결심이 무뎌졌고 건강한 생활을 유지하지 못했기에 이어진 결과라고 생각했다. 꾸준히 산에 다니고, 단호하게 술과 담배를 끊고, 좋은 것을 먹으며 알차게 일상을 영위했다면 결과가 달랐을지도 모른다.

물론 시간을 되돌려 항암 치료를 받았다면 확률적으로 더 나은 결과를 볼 수도 있었겠지만, 항암 치료가 잘못돼 상황이 악화될 확률도 당시에는 50퍼센트였다. 진석이에게 설득되어 항암 치료를 받았다가 잘못되었다고 진석이를 탓할 수도, 의료진을 탓할 수도 없는 노릇이다.

플라시보 효과조차 기대할 수 없는 무의미한 약이 있다면 만약일 것이다. 받아들여야 한다. 혹독한 고통과

시련을 내 것이라고 인정하며 슬슬 병원에 가야 할 것 같다는 생각이 들 때쯤이었다. 코의 부기가 점점 빠지기 시작했다. 언젠가부터 통증도 잦아들고 있었다. 일흔 살 같던 걸음걸이도 예순 살 정도로 회복된 것 같았다. 정신없이 몰아친 암세포의 공격으로 한동안 멀리했던 술을 마셨다. 연선이와 대판 싸워 속상한 마음에 독주를 마셨다. 왜 싸웠는지는 기억나지 않는다. 경험적으로 기억나지 않는 싸움의 원인은 대부분 남자에게 있다.

잘못을 했다면 대가를 치러야 한다. 몸이 좋아진 것도, 암세포의 공격이 끝난 것도 아니었다. 콧잔등에 빨간 점이 잠깐 비추는가 싶더니 뭔가 심상치 않은 것이 터졌다. 뉴클리어 밤! 원래 코피는 방울로 떨어지는 것 아니었나. 고장 난 수도꼭지에서 가느다란 물줄기가 새듯 코피가 끊기지 않고 흘렀다. 싱크대 앞에 가 서서 고개를 젖혀도 코피는 멈추지 않았다. 오히려 방향을 바꿔 뺨을 타고 흘렀다. 몸 안에 피가 다 빠져나올까 봐 겁이 덜컥 났다. 암세포의 완승이었다. 나는 GG를 쳤다.

참담해도 담담하게

군대 가기 직전에는 세상이 끝난 것만 같았다. 제대 후의 인생을 상상하면 너무 아득하기만 해서 주변을 정리해야 된다고 생각했다. 애인과도 헤어지고(정확히는 차이고!) 방 정리를 하며 많은 물건을 버렸다. 버리기 아까운 것들은 친구들에게 나눠줬다. 마리떼 프랑소와 저버, 겟유즈드, 스톰 292513, 캘빈 클라인, 닉스, 다이아몬드가 박힌 제임스 딘 등 브랜드 청바지와 티셔츠들을 아낌없이 줘버렸다. 책상 서랍을 열면 볼펜 한 자루만 또르르 굴러다닐 정도로 다 버렸다. 군대에서 힘든 훈련을 받다가 죽을지도 모르는 상황에서 훗날은 없다고 생각했다. 물론 첫 휴가를 나왔을 때 입을 옷이 없어 몇 개월 전의 행동을 후회했지만, 입대 전의 나는 전쟁터로 떠나기 직전의 군인처럼 비장했다.

항암 치료를 위해 입원하기 직전의 마음가짐도 비슷했다. 병원에 들어가면 최악의 경우 다시는 상가주택으로 못 올 수도 있다. 고인이 된 지인의 짐이나 집 정리를 해준 적이 있는데, 가족에게 맡기고 싶을 만한 산뜻한 경험은 분명 아니었다. 어머니가 죽은 아들의 초라한 월셋집을 둘러보고 부동산에서 계약 해지 절차를 밟는다거나, 누나가 커다란 쓰레기봉투에 동생의 손때 묻은 소지품들을 담는 풍경은 상상만으로도 신산했다. 살아있는 동안에 지겹도록 한 불효를 사후까지 연장한다면 먼저 간 하늘나라에서 무슨 염치로 부모님을 기다릴 것인가.

몇 년 전 미니멀리즘 책을 보고 반 이상 줄인 짐들을, 여행용 트렁크 하나와 백팩 하나만큼의 부피로 줄였다. 책은 팔거나 버리거나 해진 누나에게 줬다. 굳이 해진 누나에게 연락해 보내준 책은 내가 가장 애정하는 찰스 부코스키의 책들이었다. 도저히 팔 수도, 버릴 수도 없는 책들을 어떻게 처치할지 곤란해할 때, 책을 좋아하고 인간적으로 존경하는 해진 누나가 떠올랐다. 진심으로 고마워하는 해진 누나를 보며 잘 줬다고 생각했다. 나는 딱 두 권의 책만 챙겼다. 아서 프랭크의 《아픈 몸을 살다》와 부희령의 《무정에세이》다.

• • •

허지웅을 처음 본 건 제목이 기억나지 않는 어떤 방송에서였다. 패널 소개를 할 때 남성 잡지의 피처 에디터란 자막이 달렸다. 하얀 피부, 큰 키, 스타일리시한 목 문신, 여성용 파마가 잘 어울리는 순정 만화 같은 외모(방송에서 많이 접한 후 이미지가 조금 달라졌지만 첫인상은 진짜 이랬다!), 시니컬한 말투와 범상치 않은 필력, 영화평론가 타이틀까지. 내가 못 가진 탐나는 것 여러 개가 그의 것이었다. 부럽고 질투가 났다.

허지웅은 승승장구했다. 천박하지 않은 화제의 19금 토크쇼에서 재치 있는 입담을 뽐내더니 방송 이곳저곳에서 활약을 펼쳤다. 아픈 가정사를 딛고 단단하게 살아온 그의 과거는 독립심 콤플렉스가 있는 내 입장에서 존경스럽기까지 했다.

꽃길만 걷는 듯 보였던 그가 암에 걸려 모든 방송에서 하차를 한 것이 2018년도의 일이다. 딱히 팬이라고 할 수는 없어서 '건강해 보이던 젊은 친구가 왜?' 정도의 의문이 들었다. 관심을 끈 건 그의 병명이었다. 내가 걸린 암과 가장 비슷한 악성 림프종이었다. 림프종도 종류가 오십 가지나 되기 때문에 정확히 같은 암은 아니었지만.

그의 치료와 방송 복귀 과정을 지켜봤다. 허지웅은 어디에서 어떤 대우를 받으며 치료를 받았을까. 궁금했다. 일반인보다 유명하고 연예인이라고 하기에 조금 애매한 허지웅이라면, 나처럼 무례한 봉변을 당하지 않으며 나름 괜찮은 곳을 찾아내어 치료를 받지 않았을까. 나도 경제적으로 감당할 수 있는 선의 의료 서비스를 말이다. 항암 치료를 받게 된다면 허지웅의 치료를 담당했던 주치의를 찾아봐야지. 허지웅의 암 발병 뉴스를 보고 난 후에 갖게 된 생각이었다.

• • •

연선이와 함께 찾아간 병원은 한남동에 있는 S 병원이었다. 인터넷 검색을 통해 어렵지 않게 허지웅을 치료한 의사를 찾아 예약을 한 터였다. 한남동은 내가 대학 생활을 했던 곳이라 감회가 새로웠다. 제일 저렴한 광어회를 하나 시켜서 곁들이 안주를 계속 요청했던 지하의 일식집은 자취를 감춘 상태였다. 바구니에 병맥주와 과자를 담아 바로 옆 테이블에서 친구들과 어울렸던 지하의 비어마트는 위치도 못 찾을 정도로 많이 변했다. 레지스탕스도 아닌데 그때는 왜 지하에서만 놀았는지. 과거의 상념에 젖어있는 내 머릿속에 연선이가 불쑥 들어왔다.

"의사가 뭐라고 하든 시키는 대로 해!"

"그럴게. 연선이가 시키는 대로."

"우리나라에서 환자에게 공손한 의사 별로 없어. 또 스트레스 받지 말고!"

"응. 살고 싶으면 죽은 척해야지. 뭐."

로비에서 접수를 하고 별관의 종양혈액내과 앞에서 기다리다가 진료실에 들어갔다.

"안녕하세요? 어디가 안 좋아서 오셨어요?"

의사 선생님의 말투가 특이했다. 짧은 인사말 안에서도 음절별로 높낮이 차이가 있었는데 어딘가 익숙한 말투였다. 소아과에서 겁을 잔뜩 먹은 어린이 환자에게 눈높이를 낮춰 얘기하듯, 싹싹한 간호사가 나이 많은 환자에게 조금 큰 볼륨으로 또박또박 얘기하듯, 의사 선생님의 말투에는 환자의 긴장감을 풀어주려는 배려가 있었다. 암 선고를 받을 당시의 불친절 트라우마 때문에 곤두섰던 신경이 스르륵 풀어졌다. '옛날에 제가 이런 의사를 만났는데요' 찡찡거리며 하소연을 하고 싶을 만큼 무장해제되었다. 잔머리 굴리지 말고 의사 선생님이 시키는 대로 할 것! 나는 속으로 되뇌었다.

   •   •   •

S 병원에서 첫 진료를 받고 이틀 후에 입원을 하기로 했다. CT와 PET-CT를 새로 찍어야 했고, MRI, 엑스레이, 피검사, 기타 등등의 검사가 입원 당일에 잡혀있어 깜깜한 새벽부터 집을 나섰다. 12월의 첫날이었다. 검사를 위해 전날 밤부터 금식을 한 터라 배가 고팠다. 택시를 타고 한강 다리를 건너가는데 가로등 불빛이 춤을 췄다. 낮잠을 길게 자고 일어나면 순간 아침인지 저녁인지 헷갈릴 때가 있다. 택시를 타고 병원으로 가는 이 순간이 끝인지 시작인지 몰라서 가슴이 쿵쾅거렸다. 기사님에게 양해를 구하고 창문을 조금 내렸다.

논산 훈련소에 혼자 갔다. 허세 가득한 나이였고, 그게 좀 슬프면서 멋지다고 생각했다. 논산에 도착하자마자 후회했다. 다른 훈련병 동기들은 친구며 애인, 가족까지 다 같이 함께 와서 위로와 응원의 말들을 건넸다. 나처럼 혼자 와서 청승 떠는 애들은 몇 명 없었다. 입소식은 학창 시절의 애국 조회처럼 진행됐다. 연병장에 입대하러 온 신병들이 서있으면 부모님들은 두리번거리며 자식을 찾고, 식이 끝날 때까지 자식만 바라보며 흐뭇해하거나 안타까워했다.

신성한 군 복무가 시작되는 곳이 울음바다가 되는 순간은 입소식이 끝난 신병들이 연병장 끝 코너를 돌아 사라질 때다. 어리바리한 신병들은 코너를 돌자마자 얼차려를 받는다. 조교들이 당장이라도 잡아먹을 것처럼 으르렁대며 육두문자를 쏟아낸다. 가족들이 '이왕 나온 김에 저녁이나 먹고 들어갈까' 고민하며 일상으로 복귀할 때, 나라의 것이 된 귀한 집 자식들은 조교의 먹잇감이 된다.

발도 제대로 못 맞추는 오합지졸 신병들은 오리걸음으로 내무반에 도착한다. 군복으로 환복하고 한숨 좀 돌릴라 치면 동작 그만! 모두 엎드려 뻗쳐! 화장실에 갈 때도, 식사를 할 때도, 보급품을 지급받을 때도, 동작이 굼뜨다는 이유로 얼차려는 계속된다. '이빨'을 보였다는 이유로 욕을 먹는다. '다'나 '까'를 붙이지 않았다는 이유로 수돗가 찍고 선착순 세 명! 사랑하는 사람들과 헤어졌다는 감상에 젖을 시간은 일 초도 허락되지 않는다. 갑자기 어디서 불호령이 떨어질지 몰라 이리저리 눈알을 굴리며, 고문관으로 찍히지 않기 위해 조교의 눈치만 볼

뿐이다. 몸을 혹사시키며 심란한 마음을 이겨냈던 오래전 훈련소에서의 첫날. 항암 치료를 받기 위해 초긴장 상태로 찾은 병원에서의 첫날도 다르지 않았다.

●　●　●

새벽 일찍 집을 나서 병원에 도착해 입원실 침대 위에서 잠을 청할 때까지, 나는 군복을 처음 입었던 그날처럼 일종의 유체이탈을 경험했다. 난 누군가, 또 여긴 어딘가. 지금 저 멀리서 누가 날 부르고 있어.

가장 먼저 간호사가 적어준 입원 전에 내가 해야 할 일을 확인했다. 어렸을 적 콩나물과 두부가 적혀있던 심부름 쪽지를 든 아이처럼 긴장된 마음으로 미션을 수행하기 시작했다. 엑스레이를 찍었다. PET-CT를 찍기 전에 부작용 반응을 체크하는 주사를 맞고, 조영제 주사를 또 맞고, 천장에 파란 하늘과 구름이 그려져있는 곳에서 PET-CT를 찍었다. CT도 찍었다. MRI도 찍었다. 가는 곳마다 입원 환자와 외래 환자들이 섞여 대기하고 있었고, 나는 귀를 쫑긋 세워 내 이름이 불리기만을 기다렸다. 가슴에 차가운 약품을 바르고 장치를 설치해 심전도 검사를 받았다. 은행 창구 같은 채혈실에서 순서를 기다려 피를 뽑았다. 가끔 수납을 먼저 하고 오라는 안내를 받아 번호표를 뽑고 여러 번 대기했다. 아마도 정확한 순서는 아닐 것이다. 나는 환자와 의료진, 보호자, 기타 등등의 사람들로 북적이는 병원에서 반쯤은 넋이 나간 상태로 퀘스트를 완료했기 때문이다. 점심시간이 되어 병원 앞 카페에서 연선이와 잠깐 숨을 돌리기로 했다.

"아픈 사람이 참 많네."

"응. 서울역 앞에 가면 불쌍한 사람 많고, 공항에 가면 팔자 좋은 사람 많고, 병원에 오면 아픈 사람 많고."

"첫날이라 검사를 많이 하네. 입원 수속이 두 시부터인가?"

"응. 입원 수속 끝나면 들어가. 어머니 밥해드려야지."

"나 없어도 괜찮을까?"

"응."

　 　 ● 　 ● 　 ●

　S 병원에는 두 종류의 병실이 있었다. 가족이 옆에서 챙겨줄 수 있는 일반 병동과 간호사와 조무사가 다 챙겨줘서 간병인이 필요 없는 간호 병동. 간호 병동은 점점 늘어나는 추세다. 형의 마지막을 함께할 때 알게 된 사실이다. 나는 간호 병동 6인실에 입원했다. S 병원은 암 병동이 따로 있지는 않았지만, 내가 있던 병실에 혈액암 환자가 많은 것으로 보아 비슷한 환자끼리 묶어 배정한 것 같았다. 그편이 회진을 돌 때나 응급상황에 대처할 때 효율적일 테니까. 입원 후 침대에서 환자복으로 갈아입은 후 창밖을 바라봤다. 우리나라에서 가장 비싼 집 중에 하나라는 나인원한남이 한눈에 들어왔다. GD가 살고 있다고 하던데….

　오전의 '정신없음' 모드는 입원 수속 후에도 계속되었다. 침대에 앉아서 소지품을 정리하고 있는데 사람들이 계속 왔다. 간호사가 와서 지병과 인적 사항을 조사해

갔다. 영양사가 와서 항암 식단에 대한 설명을 해주고 안내문을 주고 갔다. 약사가 와서 항암제에 대한 부작용들을 고지해주고 사인을 받아 갔다. 종양혈액내과의 레지던트로 보이는 젊은 의사도 와서 가벼운 대화를 나눴다. 또 누가 왔더라. 나는 계속 묻는 말에 대답을 하고, 어딘가에 사인을 하고, 아직 정리되지 않아 머릿속을 떠다니는 설명들을 이해한 것처럼 고개를 끄덕였다. 이비인후과에 외래 진료도 다녀왔다. 삼십 대 초반의 남자 의사는 내 콧속을 보더니 치료를 하려다 멈칫하기를 반복하며 겸연쩍은 듯 혼잣말을 했다.

"이거 내가 손댈 수준이 아닌 것 같은데."

병실로 돌아오고 얼마 지나지 않아서 수술실에 들어갔다. 삼십 대 초반의 남자 의사에게 SOS 신호를 받고 온 것 같은 선배 여자 의사가 치료를 시작했다. 콧속 이곳저곳에 마취 주사를 맞았다. 뭔가를 잘라내고 긁어내고 빨아들이는 듯한 치료는 눈물 나게 아팠다. 거의 울

먹이며 아프다고 할 때마다 친절한 여자 의사는 마취 주사를 추가로 놓았다. 마취 주사가 더 아팠다. 깃털로 살짝 건드리기만 해도 재채기가 나오는 예민한 콧속인데, 마취 주사를 무자비하게 놓아대니 비로소 항암 치료가 시작됐구나, 라는 생각이 들었다. 나중에는 마취 주사를 또 맞을까 봐 아파도 괜찮다고 얘기하며 꾹 참았다.

● ● ●

코 수술이 끝나고 바로 옆방으로 이동했는데 그곳도 수술실이었다. 가슴에 항암제를 주입할 판인 케모포트를 이식하는 수술이 이어졌다. 항암제는 독해서 피부에 직접 닿으면 괴사가 일어난다고 한다. 케모포트는 압축 물티슈처럼 생긴 동그란 금속(혹은 플라스틱?) 가운데 바늘구멍이 나있고, 구멍과 연결된 10센티미터 미만의 얇은 튜브로 되어있다. 가슴 안쪽에 심어놓으면 간호사가 항암 링거를 연결할 때 동그란 것을 기준으로 쉽게 주삿

바늘을 꽂고, 항암제는 튜브를 통해 혈관에 직접 들어간다. 피부가 괴사할 정도의 독한 항암제를 혈관은 어떻게 견디는 건지 궁금해 의사에게 물어봤는데, 의사가 "혈관에는 괜찮죠!"라고 해서 더 물어보지는 않았다.

형을 화장했을 때 상주인 내가 대표로 마지막 확인을 했다. 화장터 직원이 빗질로 모아 보여준 한줌의 재에는 이물질이 두 개 있었는데 크라운(손상된 치아에 씌우는 것)과 케모포트(형 것은 영화 〈매트릭스〉의 주인공 네오의 목 뒤에 있던 것처럼 생겼었다!)였다. 형의 항암 테크트리를 그대로 타는 것 같아 기분이 묘했다. 병실로 돌아왔을 때는 밤 열 시가 넘은 시간이었다. 나는 그대로 곯아떨어졌다.

무서운 것투성이

나는 겁이 많다. 많아도 너무 많다. 낚시를 좋아하지만 물고기는 무서워한다. 잡은 물고기를 바늘에서 대신 빼 주는 일성이가 있어야만 낚시를 갈 수 있다. 낚시를 하다 가 일성이가 잠깐 화장실에라도 가면 '지금은 아냐. 물지 마라. 물지 마라' 주문을 외운다. 새도 무섭다. 길을 걷 다가 내 앞에서 모이를 쪼아 먹던 비둘기가 푸드덕 날면 비명을 지른다. 몇 년 전에 강원도 쪽으로 놀러 갔다가 새 둥지 옆을 지난 적이 있었는데, 어미 새가 오해를 해 카미카제 특공대처럼 날아와 머리를 쪼고 갔었다. 그날 이후로 귀여운 참새가 곁에 다가와도 기겁을 한다.

불을 켜고 잘 때도 많다. 악몽을 꾼 날이야 말할 것도 없고, 그렇지 않은 날도 상상은 고스란히 무서움으로 치환된다. 깜깜한 방에서 눈을 떴을 때 코가 닿을 듯 말 듯한 위치에서 낯선 이가 날 쳐다본다고 상상하면 불을 끌수가 없다. 유난히 가위에 자주 눌린다는 친구가 해준이야기가 이십 년이 넘게 지난 지금까지도 생생하다. 자다가 가위에 눌려 눈을 떴는데 몸이 움직이지 않았고, 갑옷을 입은 누군가가 침대 끄트머리에 등지고 앉아있었다고 했다. 덕분에 불을 켜고 자는 날이 더 늘어났다. 샤워를 하다가 서늘한 기분이 들면 귀신의 머리카락을 밟고 있기 때문이라는 말이 있는데, 그럴 때면 할머니 귀신이 아니라 처녀 귀신이길 바라며 일부러 야한 생각을 하려고 노력한다. 야한 생각과 공포는 남진과 나훈아처럼 한 무대에 올리기 쉽지 않아 공포가 중화될 것 같다는 무근본 믿음이 있다.

당근마켓이 핫한 요즘, 나에게 중고 거래는 언감생심이다. 몇 년 전에 원룸형 에어컨을 처분할 일이 있었다. 연결된 구매자는 말투도 좀 이상하고 느낌이 안 좋았다. 혹시나 해서 집 주소는 알려주지 않고, 아파트 주차장에서 구매자를 만나기로 해서 에어컨을 들고 내려갔다. 구매자는 나타나지 않았고 전화도 받지 않았다. 며칠 후 다른 구매자와 연결이 되어 다시 약속을 잡고 주차장에 내려갔다. 또 나타나지 않아 전화를 했더니 가는 중이라고 했다. 느낌이 싸했다. 운전 중이라며 친구를 바꿔줬는데, 아무 이유 없이 잠수를 탔던 지난번 구매자의 말투와 똑같았다. 그들이 주차장 어디선가 나를 보고 있는 건 아닐까란 생각에 머리카락이 쭈뼛 섰다. 약속 허투루 잡는 전문 중고 매매업자일 수도 있었겠지만, 나의 상상 속에서 그들은 흉악한 장기 밀매 범죄자들이었다. 겁 많은 나에게 세상은 무서운 것투성이다.

●　●　●

암 선고를 받고 나서 본 다큐멘터리에 골수를 채취하는 장면이 있었다. 수만 년 전의 기후를 연구하기 위해 과학자들이 남극에서 빙하를 시추하는 장면과 흡사했다. 골수 검사도 비슷했다. 우유 빨대 정도의 지름은 될 것 같은 무시무시한 주삿바늘을 찔러 넣으면, 추억의 불량 식품 아폴로처럼 주삿바늘 안에 골수가 딸려 나왔다. 핏빛 어린 골수의 질감이 화면을 통해 생생하게 전해졌다. 살아있는 상태로 사람의 몸에서 꺼내면 안 될 것을 꺼낸 느낌이랄까. 암을 소재로 한 일상 에세이나 만화에서도 골수 검사는 빠지지 않고 언급되었다.

표현들은 제각각이었지만 공통점은 무지막지하게 아프다는 것!

사실 내가 항암 치료를 거부한 이유의 10퍼센트 정도는 골수 검사에 대한 공포 때문이었다. 파는 사람이나 사는 사람이나 영 달갑지 않은 부가가치세처럼, 하는 의사나 받는 환자나 즐거울 리 없는 골수 검사를 받게 됐다. 정확한 날짜는 기억나지 않는다. 아마 입원 당일 밤 아니면 익일 밤이었을 거다. 암세포가 몸 안에서 돌아다니기 쉬운 림프종의 특성상, 뼈의 전이 여부를 확인하기 위한 골수 검사를 먼저 해야 항암 치료 계획을 세울 수 있기 때문이다. 최악의 경우라면 항암 치료를 포기하고 다시 짐을 싸서 타마가와 온천에 가야겠지.

. . .

골수 검사는 입원실 바로 근처에 있는 치료실에서 받기로 했다. '수술실에서 하지 않고 치료실에서 하는 걸 보니 생각보다 간단한 검사인가 본데?'라는 알량한 희망이 생겼다. 치료실에는 전공의로 보이는 젊은 남자 의사와 간호사 한 분이 날 기다리고 있었다.

"성함이랑 생년월일 말씀해주세요!"

모든 검사나 치료를 시작하기 전에는 손목에 두른 인식표를 보며 한 번 더 신분을 확인한다. 군대에서 대는 관등성명은 귀찮기만 했는데, 병원에서는 의료사고 방지를 위한 절차라 매번 또박또박 대답했다.

"골수는 엉치뼈라고 부르는 양쪽 천골 부위에서 각각 한 번씩 두 번 채취합니다. 아파도 절대 움직이시면 안 됩니다. 금방 끝납니다."

"많이 아프겠죠?"

"연세 많으신 분들도 다 참고 받는 검사입니다. 아직 젊으시니까 괜찮을 겁니다. 옆으로 돌아누워 몸을 최대한 둥글게 웅크려주세요. 시작하겠습니다."

나는 통증이란 단어조차 모를 자궁 속 태아와 비슷한 자세를 만들어 마취 주사만을 기다리고 있었다. 의사는 내 바지를 엉덩이 주사를 놓을 때보다 조금 더 내린 후 따끔한 마취 주사를 몇 방 놓았다. 잠시 후 국기 게양대만 한 골수 검사용 주삿바늘이 살과 뼈를 지나 몸속 깊은 곳, 건드리면 안 될 곳을 건드렸다.

하! 이 느낌을, 통증을, 쇼크를 어떻게 설명해야 할까.

'앞으로는 착하게 살겠습니다!'라는 말이 절로 나오는 아픔이었다. 입원 첫날 무지막지한 마취 주사를 맞으며 받은 치료가 17 대 1로 집단 린치를 당한 느낌이라면, 골수 검사는 흉기를 든 조현병 환자에게 칼 두 방을 맞은 느낌? 이러다 곧 죽을 것 같다는 기분 나쁜 느낌, 살아오면서 단 한 번도 경험해보지 못한 신상 통증이었다.

골수 검사 시간이 오 분이 걸렸는지 한 시간이 걸렸는지 알 수가 없었다. 골수 검사를 받다가 코마 상태에 빠진 환자가 있는지 검색해보고 싶었다. 영화에서 고문을 받는 독립투사가 "차라리 날 죽여라!"라고 얘기하는 심정을 알 것도 같았다. 다시 나라에 위기가 찾아와 얼떨결에 내가 독립투사가 된다면, 최대 약점이 골수 검사란 걸 비밀에 부쳐야겠다고 생각했다. 고문도 하기 전에 "배후를 적어낼래? 골수 검사를 받을래?"라고 간수가 물어본다면, 나는 곧바로 영화 〈슈렉〉의 장화 신은 고양이가 되어 세상 착한 표정으로 A4 용지와 볼펜을 가져다 달라고 말할 테니까. 골수 검사가 끝났을 때 젊은 남자 의사의 이마에는 열여덟 시간에 걸친 뇌수술이라도 집도한 것처럼 땀이 송골송골 맺혀있었다. 많이 미안했다.

아프지 않지만 웃픈

본격적인 방사선 치료를 받기 위해 치과 진료를 먼저 받았다. 발병 부위가 코 주변이라 구강 안을 점검하고 방사선 치료를 받아야 한다고 했다. 나는 치과 진료를 받는 김에 스케일링을 받고 싶었지만, 잔 상처가 생길 수 있어 방사선 치료가 다 끝난 후 몸이 회복되어야 받을 수 있다고 했다.

방사선과는 별관의 지하 이층에 있었다. 나는 치과 진료가 끝난 후 방사선 치료를 받기 위해 그곳으로 갔다. 방사선과 앞에도 다른 과처럼 환자들이 치료를 기다리고 있었다. 다른 점이라고 하면 대부분이 암환자라는 것. 여성 환자가 많았는데 모두 탈모를 가리기 위한 두건형 모자를 쓰고 있었다. 나도 항암제를 맞고 방사선을 쬐면 머리가 빠질 것이기에 암환자용 모자를 검색해본 적이 있다. 여성용은 종류도 많고 예쁜 것도 많아 선택의 폭이 넓었는데, 남성용은 일반 비니 외에는 암환자용이라고 따로 나온 것이 없었다. 늘 이런 식이다. 나는 패알못이지만 그렇기에 더더욱 옷 살 때마다 난감하다. 여자 옷의 세계를 김정기 작가가 그렸다면, 남자 옷의 세계는 이 말년 작가가 그린 느낌이다. 나는 머리가 커서 비니도 어울리지 않는다. 삭발을 해본 적도 없는데 민머리는 어울리려나.

차례를 기다려 의사 선생님을 만나 진료 계획을 들었다. 주말을 제외한 일주일에 5회, 총 스물여덟 번의 방사선 치료를 받아야 한단다. 비교할 대상이 없어 어떤 수준의 치료인지는 모르겠지만, 스물여덟 번이란 숫자가 적게 느껴지지는 않았다. 암 발병 부위가 코 주변이어서 방사선 치료용 마스크를 쓴 채 치료를 받아야 하고, 마스크는 얼굴 본을 떠서 특수 제작을 해야 한다고 했다. 이 과정이 생각보다 만만치 않았다. CT를 찍듯 이십 분

가까이 꼼짝하지 않으며 얼굴을 스캔해야 하는데, 어렸을 적 이발소에서 잠이 들 듯 자꾸 졸아 몇 번을 다시 검사했다. 열기가 느껴지는 축축한 것으로 얼굴을 덮어 형태를 잡아 본을 뜨는데 기분 좋은 경험은 아니었다. 방사선사는 사나흘 후에 마스크 제작이 완료되면 방사선 치료를 시작한다고 했다.

● ● ●

제작된 마스크는 철망으로 된 소쿠리 형태로, 얼굴에 씌운 후 누워서 치료를 받는 검사대에 끝 부분을 단단하게 고정하는 방식이었다. 방사선을 정밀하게 암세포에만 조사해야 돼서 절대 움직이면 안 된다고 했다. 어차피 마스크를 너무 꽉 조여서 움직일 수도 없었다. 숨을 쉬기 불편할 정도로 얼굴을 압박하는 마스크. 십 분에서 이십 분 정도의 시간 동안 치료실 밖 통제실에서 모니터를 보며 계속 조준 사격을 하는 것 같았다. 물론 추측이다.

나는 마스크 때문에 눈도 뜰 수 없었으니. 방사선 치료를 받을 때는 통증도 없고 아무 냄새도 안 난다고 들었다. 통증은 제로였다. 냄새는 났다. 긴장해서 기분 탓에 그렇게 느낀 건지 모르겠지만, 사진을 인화하는 암실에서 나는 약품 냄새 같기도 한, 타이어가 탈 때 나는 고약한 냄새 같기도 한, 사방이 시멘트로 막힌 지하 방공호에서 나는 축축한 냄새 같기도 한, 아무튼 기분 나쁜 냄새였다. 스물여덟 번의 방사선 치료를 받는 동안 처음 한두 번만 그랬으니, 진짜 났는지 아닌지는 확실하지 않다.

통증도 없고 냄새도 나지 않는(다는) 방사선 치료는 겁 많은 내 입장에서 보면 수월한 치료였지만, 치료를 하는 곳의 분위기는 절대 만만하지 않았다. 치료실 근처 여기저기 붙어있는 핵발전소에 있을 것 같은 노란 마크들, 두께가 1미터는 될 것 같은 육중한 치료실의 문, 치료가 시작되면 피폭 위험을 피해 밖으로 나가는 방사선사들, 스피커로만 전해지는 의료진의 통제 멘트. 방사선 치료대 위에 혼자 누워있는 동안 누군가 손을 잡아줬으면 좋겠다고 생각했다. 그날의 치료가 끝나면 다음번 치료 때

기준선을 삼기 위해 내 가슴 부위에 십자선 같은 것을 그리고, 방사선사들만 알아볼 수 있는 숫자 같은 것을 적었다. 절대 지워지면 안 된다고 신신당부를 해서, 나는 한 달 넘는 기간 동안 제대로 씻지도 못하고 냄새나는 몸으로 살아야 했다. 거울을 볼 때마다 영화 〈메멘토〉가 생각났다.

・　・　・

방사선 치료 10회 차를 넘길 때쯤부터는 나도 베테랑 환자가 되었다. 방사선과로부터 콜을 받아야 가는 시스템이지만 가급적 대기시간이 적은 이른 시간에 불러달라고 부탁을 했고, 아침 식사 후 종양혈액내과 교수님의 회진이 끝나자마자 가서 십 분 만에 치료를 끝내고 올 수 있었다.

방사선과의 의료진과 스태프들의 얼굴도 제대로 보이기 시작했다. 방사선 치료는 방사선과 교수님의 진두지

휘 아래 진행됐겠지만, 내가 매일 치료를 받으며 만나는 사람은 서른쯤 된 듯한 남녀 한 팀의 젊은 방사선사들이었다. 내 입장에서는 어린 친구들이었는데 팀워크가 환상이라 너무 예쁘고 기특하게 느껴졌다.

문제는 두 명 중 선배로 보이는 여자 방사선사가 휴가를 갔을 때 일어났다. 나는 평소처럼 아침 일찍 방사선과에 치료를 받으러 갔는데 고함 소리가 들려왔다. 누군가 큰 업무 실수를 한 것 같았다. 나에게는 병원이지만 그들에게는 직장. 실수를 하면 고참의 갈굼이 따라오는 건 필연 지사. 대차게 까인 직원도 방사선사였는지 나를 치료하러 들어왔다. 처음 보는 의료진이었다. 얼굴이 붉으락푸르락하는 그 직원은 내 얼굴에 다소 거칠게 마스크를 씌웠고, 건조한 목소리로 안내 멘트를 읊었다. 와중에 화풀이라도 하는 듯 보조를 해주는 후배 방사선사에게 계속되는 신경질까지, 나는 컴플레인을 걸려다가 참았다. 휴가를 떠난 나의 담당 방사선사는 곧 복귀할 것이고, 우리는 모두 직장에서 한두 번씩 깨져본 사람들이니까.

한 달 넘는 기간 동안 스물여덟 번의 방사선 치료를 마쳤을 때는 섭섭할 지경이었다. 방사선 치료는 일회용이라 훗날 암이 다시 재발된다고 해도 같은 부위에는 방사선 치료를 하지 않는다고 했다.

　　치료가 끝난 후 지하 이층에 있던 젊은 방사선사들을 한동안 볼 수 없었다. 그러다 점심시간이었을까, 병원 인근에서 우연히 마주친 적이 있다. 반가운 마음에 인사를 하려는 순간 그들이 나를 외면하고 지나쳐 갔다. 수많은 환자를 상대하고, 심지어 마스크까지 썼으니 나를 못 알아봐도 어쩔 수 없지만 그사이 정이 들어 그런지 섭섭했다. 매일 똑같이 반복된 지겨울 수 있는 치료, 친절하게 대해주고 성심성의껏 잘해줘서 고마웠다고 꼭 전하고 싶었는데.

죽을 똥 살 똥

[주의]

더러운 이야기가 나옵니다.

비위가 약하신 분은 글을 읽지 않는 것이 좋습니다.

동해물과 백두산이

마르고 닳도록

하느님이 보우하사

우리나라 만세

무궁화 삼천리

화려 강산

대한사람 대한으로

길이 보전하세

도대체 무슨 글이기에 설레발을 치나, 라고 생각할 수 있습니다. 호기심에 읽었다가 후회할지도 모릅니다.

남산 위에 저 소나무
철갑을 두른 듯
바람서리 불변함은
우리 기상일세
무궁화 삼천리
화려 강산
대한 사람 대한으로
길이 보전하세

예비 암환자나 그 가족들을 위해 솔직하게 쓴 글입니다.
항암 부작용에 관련된 글은 질병과 상관없는 이에게 불쾌감을 줄 수도 있습니다.

가을 하늘 공활한데

높고 구름 없이

밝은 달은 우리 가슴

일편단심일세

무궁화 삼천리

화려 강산

대한 사람 대한으로

길이 보전하세

처음부터 끝까지 배변 문제에 관한 내용입니다. 쓸까 말까 몇 개월을 고민하고 쓴 글이기에 마지막으로 경고합니다.

이어지는 글에는 누군가에게는 더럽고 불쾌할 수 있는 내용이 포함되어 있습니다. 암환자의 내밀한 뱃속 사정을 알고 싶은 분만 읽기 바랍니다.

이 기상과 이 맘으로

충성을 다하여

괴로우나 즐거우나

나라 사랑하세

무궁화 삼천리

화려 강산

대한 사람 대한으로

길이 보전하세

• • •

방사선 치료를 받을 때는 약물 치료를 병행해야 효과
가 좋다고 했다. 스물여덟 번의 방사선 치료를 받는 사
이사이에 항암제를 몇 번 맞았다. 비로소 진정한 암환자
의 모습을 갖추겠거니 마음을 단단히 먹었는데, 머리가
빠지거나 구토를 하거나 고통스러운 부작용이 전혀 없
었다. 나중에 안 사실이지만 이때 맞은 항암제는 애피타
이저 같은 것이라고 했다. 항암 부작용에 대한 본격적인
내용은 뒤에서 다루기로 하고, 상상하지도 못했던 끔찍

하고 비참했던 에피소드를 고백하려고 한다. 그 일은 입원을 하고 끽해야 일주일, 혹은 이 주일 내에 벌어졌다.

나는 평생 변비란 걸 모르고 살았다. 암처럼 변비도 언제나 나와 상관없는 증상이었다. 굳이 얘기하자면 오히려 왕성한 쪽이었다. 청담동에 있는 차움 클리닉에서 8체질 검사를 받아본 적이 있는데, 빌빌대는 저질 체력과 별개로 소화기관 하나는 타고났다는 소리를 들었다. 1일 3똥. 좋은 건지 나쁜 건지 모르겠지만, 최소 하루 세 번은 행복의 나라로 가는 편이었다. 방사선 치료를 받고 항암제를 맞던 입원 초기에 하루 종일 똥을 못 눈 날이 있었다. 처음에는 그게 뭐 대수냐며 그러려니 했다. 다음 날 신호가 와서 화장실에 갔는데 실패했다. 당황스러웠다. 태어나서 처음 느껴본 변비 증상이었다. 간호사는 환자가 똥을 눴는지 매일 체크를 한다. 어린 여자 간호사에게 똥을 못 눴다고 얘기하는 건 엄청나게 창피했다.

그래도 믿는 구석이 있었다. 포만감을 싫어하던 시기에 쓴 방법이었다. 500밀리리터 우유 한 통을 원샷하는 것이다. 유당을 소화시키는 필수 요소인 락타아제가 부족한 사람이 우유를 그렇게 먹으면 설사를 한다. 유당불내증이라고 하는데 한국인 네 명 중 세 명이 해당되고 나도 그중 하나다. 폭풍 설사를 하고 뱃속을 텅 비우면 기운은 빠지지만 정신이 맑아져 집중력을 요하는 작업에 도움이 되었다. 병원 앞 편의점에서 우유를 사 마셨고 신호는 즉각적이었다. 그러나 또 실패했다.

• • •

한창 당구를 치던 시절에 당구공이 엄청난 양의 종이를 압축해 만들어진다는 소리를 들었다. 인터넷으로 확인해보니 사실이 아니었지만. 내 항문 속에 소문의 당구공이 들어있는 느낌이었다. 아무리 용을 써도 항문 능력 밖 크기의 당구공은 나올 생각이 없어 보였다. 미치고 환장할 노릇. 어느 블로그에는 친절하게도 여러 변비약의 효능을 비교, 분석한 글이 있었다. 변비로 곤욕을 치르지 않았다면 '이런 글을 왜 블로그에 쓸까'라고 생각했을 것이다. 아마도 지금 내가 글을 쓰는 이유와 비슷한 배려심을 누군가 먼저 갖추었던 게 아닐까. 꼼꼼히 살펴보고 가장 효능이 셀 것 같은 변비약을 사러 병원 근처 약국에 갔다. 입원 환자가 담당 의사 처방 없이 다른 약을 임의로 복용하는 것은 병원 규정에 어긋날 것이다. 따질 겨를이 없었다.

큰 병원 앞 약국이라 그런지 사람들이 바글바글했다. 사람들 몰래 기어 들어가는 소리로 변비약을 달라고 하니 약사가 꼬치꼬치 상태를 묻는다. 영화 〈러브 액츄얼리〉에 나온 포장 빌런, 미스터 빈이 생각났다. 위급 상황에 창피함까지 더해지니 죽을 맛이었다. 상태를 대충 얘기하니 나 같은 환자가 많았던 건지 약사가 관장약을 권했다. 이 상황에 관장이 뭔데? 이름만 들어봤지 정확히 뭔지 모르지만 왠지 알고 싶지 않은 관장이라니. 고집을 피워 원래 사려던 변비약을 받아 병실로 돌아왔다.

용법에 적힌 것보다 많은 양의 변비약을 먹었다. 직장에 기별도 안 갔다. 똥과 관련해 죽을 것 같은 상황은, 화장실에 도착하기까지는 갈 길이 먼데 아랫배에서 강력한 알람이 울릴 때다. 살면서 똥이 나오지 말기를 바랐을 때는 몇 번 있었어도, 제발 똥이 나오기를 바란 건 처음이었다. 전자의 최악이 죽고 싶을 만큼의 창피함이라면, 후자의 최악은 죽을지도 모른다는 공포감이었다. 변비약은 무력했고 간호사에게는 말도 못 하고 끙끙대며 누워있다가 저녁때쯤 다시 신호가 왔다. 뱃속의 당구공이 볼링공만 해졌을까. 또다시 실패했다.

· · ·

소심한 성격 탓에 사귄 지 얼마 안 된 여자 친구와 여행을 갔을 때 화장실에 못 갔던 적이 있다. 왜 오줌 누는 것은 안 창피한데 똥 누는 것은 창피할까. 그래도 그땐 사흘을 참아도 아랫배가 불편한 정도였지 죽을 것 같다는 생각은 들지 않았다.

병원에서는 고작 이틀을 못 갔을 뿐인데 상황이 전혀 달랐다. 신호는 산발적으로 왔다. 간신히 기회를 잡아 화장실에 가서 시도를 하면 당구공이 항문을 막아 더 안쪽의 멀쩡한 똥까지 못 나오는 느낌이었다. 이러다 터진 순대처럼 직장이 터지는 건 아닐까. 사람의 몸은 무균상태라 몸속에서 장기가 터지면 유해균에 감염되어 영락없이 죽을 것 같은데. 별의별 생각이 다 들어 별수 없이 간호사에게 SOS 신호를 보냈다. 상황이 심각해지는 만큼 창피함도 커져서 최대한 덜 다급한 척, 하지만 빠른 조치를 부탁한다고 얘기했다. 잠시 후에 인턴으로 보이는 정말 어린 여자 의사가 왔다. 그새 상황이 더 나빠져 생존 본능이 창피함을 이기기 시작했다.

하아.

인턴은 상태를 파악하고 관장을 하기로 결정했다. 처음 알게 된 관장의 원리는 지극히 원초적이었다. 액체로 된 관장약을 바늘 없는 주사기를 사용해 항문에 넣고 숙변을 묽은 변으로 만들어 배설을 유도하는 식이었다. 문제는 숙변이 묽은 변으로 바뀌기까지의 시간을 참아야 한다는 것. 불가능한 미션이었다. 관장약을 넣자마자 설사 직전의 몸 상태가 되어 화장실로 뛰어갔다. 나오는

건 관장약뿐. 나는 인턴에게 아마도 울먹거리며 얘기한
것 같다.

"지금 제가 너무 죽을 것 같아서요. 빨리 수술이라도 해
야 할 것 같아요."

"무슨 이런 걸로 수술을 해요?"

"그럼 어떻게 해요? 다른 방법이 있나요?"

"관장도 안 되면 방법이 없는데…."

"진짜로 저 지금…. 선생님! 제발!"

"흠. 잠깐만 기다리세요."

침/대/에/비/닐/을/깔/고/인/턴/이/항/문/에/손/
가/락/을/집/어/넣/어/헤/집/는/가/싶/더/니/뭔/가/
달/라/지/면/서/희/망/이/생/겼/고/화/장/실/에/서/
볼/일/을/볼/수/있/었/다/죽/다/살/아/나/서/침/대/
로/돌/아/왔/을/때/는/토/끼/똥/처/럼/작/고/동/그/
랗/고/메/마/른/똥/수/십/개/가/아/직/치/워/지/지/
않/은/상/태/로/있/었/다

모든 상황이 종료되고 뱃속에는 평화가 찾아왔지만 침대에 앉아있는 나는 내가 아니었다. 반쯤 넋 나간 표정으로 불가리 향수를 방향제처럼 뿌려댔다. 항암 치료를 받기 전에 읽었던 수많은 항암 에세이 중 변비에 대해 경고한 책은 한 권도 없었다. 저자들의 상당수가 여자였으니 아무래도 쓰기 곤란한 내용이었을 것이다. 이해한다. 항암 에세이는 '암울한 상황에서 희망을 잃지 않고 웃으며 일상을 지속하자'가 지녀야 할 미덕이었다. 더럽고 적나라한 얘기를 담는 건 부담스럽다. 그래도 누군가 용기를 내 알려줬다면 나는 낭패를 겪지 않았을 것이다. 극악한 변비 때문에 곤욕을 치른 환자가 나 혼자였다면, 나 또한 비밀을 무덤까지 갖고 갔을까.

나는 주로 4인실에 입원했는데 신입 암환자의 통과의례처럼 대부분 한 번씩 변비로 고생하는 것을 목격했다. 변비약 처방은 흔했고, 관장도 특이한 상황이 아니었으며, 나처럼 최악의 손가락 처치를 받은 환자도 서너 명 있었다. 나중에 보게 된 드라마 〈슬기로운 의사생활〉에서 장겨울 의사가 환자의 상처 부위에 있는 구더기들을 손으로 걷어내는 장면이 나오는데, 인턴 의사가 나에게 해준 처치는 어떤 측면에서 더 힘든 경우가 아니었을까 싶다. 의사와 환자의 관계가 기본 설정임을 인지하면서도 역시나 선뜻 내키지 않을 상황. 작은 키에 동글동글한 얼굴, 말총머리를 한 어린 여자 인턴 의사는 그 후에도 가끔씩 병원 복도에서 마주쳤고, 나는 최대한 예의를 갖춰 깍듯이 목례를 했다. 그녀는 틀림없이 좋은 의사가 될 거라고 믿었고, 반드시 그렇게 되기를 바랐다.

● ● ●

항암 치료를 받는 S 병원에는 운동 공간이 따로 없다. 땅값이 비싸 주차 공간도 부족해 매일 난리를 치는 한남동인데, 운동 공간까지 기대하는 건 욕심일 것이다. 네

동의 건물이 구름다리로 연결된 한남동의 S 병원에는, 복도를 한 바퀴 돌면 어느 정도의 칼로리가 소모되는지 설명한 운동 코스 그림이 있다. 환자들은 바퀴 달린 링거병 거치대를 질질 끌며 좀비처럼 계속 걸어 다닌다. 변비 사건 이후 나는 그런 환자들의 움직임이 변비에 고통받지 않으려고 몸부림치는 행위처럼 보였다. 달라진 환경에 대한 긴장 상태, 항암제를 맞고 찾아오는 무력감과 피로감, 링거병 거치대 등 운동하기 불리한 환경. 변비는 호시탐탐 암환자를 노렸다. 고령의 환자들에 비해 상대적으로 젊은 나에게, 네 바퀴를 돌아도 1킬로미터 남짓한 복도 걷기 운동은 효과를 기대하기 어려웠다.

나만의 대책이 필요했다. 나는 지하 이층에서 팔층까지 계단을 두 번 왕복했다. 이마와 콧잔등에 땀이 맺혔다. 곧바로 한 사람만 이용이 가능한 샤워실에서 옷을 다 벗고 108배를 했다. 쾌변! 링거병이 연결되어 있지 않을 때 병원 주변도 걸어보고, 병원 계단의 왕복 횟수를 늘려봐도 가장 효과적인 변비 대처법은 108배였다. 몸을 접고 무릎을 꿇는 동작이 지속적으로 배에 자극을

줬고, 운동을 끝내고 나면 여지없이 확실한 신호가 왔다. 108배를 하는 동안 잡생각이 날아갔고, 밤에 숙면까지 취할 수 있는 건 기분 좋은 덤이었다. 절간의 화장실에 괜히 해우소란 이름이 적혀있는 것이 아니었다.

모든 암환자에게 해당되는 내용인지, 내가 입원했던 병실의 혈액암 환우들에게만 해당하는 내용인지는 모르겠다. 어쨌든 나와 같은 낭패를 겪지 않으려면 108배를 할 것. 108배를 할 여건이 안 된다면 원리를 의식해 어떻게든 움직일 것. 어쨌든 관장 그 이상의 처치까지는 가지 말아야 한다. 트라우마가 상당하다.

나의 옆 아저씨

내가 주로 입원한 4인실은 직사각형 모양이다. 긴 변에 해당하는 벽 한쪽에는 숫자 111자 형태로 침대 세 개가 있고, 짧은 변인 창문이 있는 벽 쪽에 직각 방향으로 침대 하나, 출입구 쪽에 화장실이 있다. 침대는 선택할 수 없고 랜덤으로 배정되는데, 입원 수속을 마치고 병실에 왔을 때 두 침대 이상이 비어 있으면 고를 수 있다. 한 번 정해진 침대는 퇴원 전까지 바꿀 수 없다. 내가 주로 선호하는 침대는 그나마 독립적이고 창문 반쪽이 허락된 떨어진 자리, 제일 안 좋은 침대는 숫자 111 자 중 가운데 자리다.

며칠 집에 다녀와 다시 입원해서 마음에 드는 자리에 배정받았을 때다. 옆 침대(111 숫자 중 백 자리)에 많이 아파 보이는 아저씨가 입원을 했다. 한 번으로 끝나지 않는 항암 치료의 특성상 안면이 있는 환자가 많았는데 처음 보는 아저씨였다. 어디가 아픈 건지 얼굴빛이 짙은 갈색이었고, 비쩍 말라 생긴 얼굴 주름 때문에 육십 대처럼 보이는 오십 대였다.

입원해서 처음 알게 된 단어가 오심과 섬망이다. 간단히 말해 오심은 구토 증세, 섬망은 환각 증세다. 옆 침대 아저씨의 부인은 입원할 때 나에게 양해를 구해왔다.

"남편이 가끔 섬망 증세가 있을 수 있는데 심하지는 않거든요. 혹시나 증세가 나타나면 너무 놀라지 마시고 간호사를 불러주시겠어요?"

"네."

면회 시간을 제외하면 혼자 있을 남편이 걱정되었나 보다. 부인이 돌아간 후 아저씨의 섬망 증세 때문에 내가 놀랄 일은 벌어지지 않았다. 아저씨는 소리를 거의 못 내며 입 모양만 중얼거리듯 하거나 한곳을 뚫어지게 응시할 뿐이었다. 문제는 그 한곳이 나라는 것!

아저씨는 산송장 같았다. 거무튀튀한 얼굴에 미동도 없이 앉아서 침대 자리 배치상 날 뚫어지게 바라보는 아저씨. 꼼짝도 하지 않고 앉아있거나 등받이를 올린 침대에 기대어있는 아저씨는, 내가 화장실을 가거나 외래 진료를 갈 때 나를 따라 눈동자만 움직였다.

아저씨의 상태가 급격히 악화된 건 사흘째 되던 날, 아마도 새벽 두세 시쯤의 야심한 시각이었다. 아저씨 몸에 연결된 모니터가 달린 기계가 심상치 않은 소리를 냈고, 간호사가 곧바로 달려왔다. 간호사가 아저씨를 애타게 부르며 반응을 유도해도 소용이 없었다. 간호사가 한 명 더 왔다. 산소통 같은 것을 연결해 응급처치를 하는 것 같았다. 간호사가 계속 늘어났다. 당직 의사까지 합세해 예닐곱 명의 의료진이 노력해도 나아지지 않는 아저씨의 상태. 당직 의사가 아저씨를 복도 끝에 있는 연명실로 옮길 것을 결정했다. 연명실은 주로 가망 없는 환자가 가족들과 마지막을 함께 하기 위해 머무는 곳으로 알고 있었다. 죽을 것 같은 환자가 왜 중환자실에 가지 않고 연명실로 가는지 의아했지만, 어쩌면 죽음과 가까운 암환자들이 있는 이곳이 그 역할을 할지도 모른다고 생각했다. 누군가 잘못 알고 영면실이라 불러도 전혀 어색하지 않을 연명실로 아저씨가 옮겨졌다.

* * *

새벽 네다섯 시쯤 아저씨의 가족, 친지들이 불려 왔다. 마지막을 준비하라는 의사의 지시가 떨어진 듯했다. 조용하던 우리 층이 사람들의 발소리와 두런두런거리는 말소리에 어수선해졌다. 연명실은 4인실의 반 정도 넓이로 정중앙에 침대가 있고 벽에는 TV, 한쪽에 서너 명이 앉을 수 있는 의자가 있다. 연명실에 들어가지 못한 사람들이 병실 앞에 앉아있었다. 아저씨의 가족들은 그렇게 이틀을 넘게 대기했다. 암환자였던 우리 형의 마지막 때는 가족들이 두 번의 헛걸음을 했다. 숨을 거둘 것 같다가도 상태가 다시 좋아지기를 며칠 간격으로 두 번 반복하다가, 형은 세 번째 고비를 넘기지 못하고 죽었다.

형과 달리 연명실의 아저씨는 상태가 좋아지지 않아서 가족들이 자리를 못 뜬다고 간호사에게 물어 들었다. 식사도 거르고 일상도 멈춘 채 아버지가, 남편이, 큰아버지 혹은 외삼촌의 죽음을 기다리는 사람들. 초췌해 보이는 그들이 안쓰러워 링거를 꽂은 채 병원 앞 서브웨이에서 샌드위치 몇 개와 콜라를 사다 줬다. 비닐봉지 한 보따리를 건네니 고마워하기 이전에 당황하는 모습들이었다. 오버였다. 암환자 주제에 누가 누굴 생각한단 말인가. 분위기 파악 못하는 암환자가 건강하지만 슬프고 지친 사람들에게 먹을 것을 건네며 위로한다.

"먹고 기운 내셔야 잘 돌보시든 잘 보내드리든 하죠."

"감사합니다."

나의 오지랖이 순수한 선의에서 비롯된 것인지, 그래

도 아저씨보다 내 상황이 좋다는 우월감에서 나온 것인지 헷갈렸다. '괜히 사람을 뚫어지게 쳐다봐서 신경 쓰이게 하고 말이야!' 애꿎은 아저씨를 탓했다.

● ● ●

평소에 병실의 미닫이 출입문은 늘 열려있다. 간호사가 왔다 갔다 하며 환자의 상태를 체크해야 하니 당연한 일이다. 병실의 환자가 야간의 숙면을 위해 일부러 요청하지 않는 이상, 병실의 문이 닫힐 때는 연명실에서 누군가 숨을 거둬 복도를 지나 옮겨질 때다. 아마도 다른 환자들에게 타인의 주검을 목격하지 않게 하려는 의도일 것이다. 아저씨가 연명실로 옮겨진 지 사흘째 되는 날, 병실의 미닫이문들이 일제히 닫혔다. 또 한 사람이 죽어나갔다. 자주 있는 일은 아니지만, 환자들이 동요할 만큼 특별한 일도 아니다. 암환자가 많은 층이니까. 경우의 수는 두 가지뿐이다. 살아 나가거나 죽어 나가거나. 암 선고

를 처음 받았을 때의 내 완치 확률도 50퍼센트였다. '치료를 받으면 죽을 수도 있고 살 수도 있습니다!'

아저씨는 죽기 전, 그나마 희미한 의식이라도 있을 때 나만 봤다. 그때 아저씨는 무슨 생각을 하셨을까. "자네는 반드시 건강을 회복하게!" 마지막 선의를 전하고 싶으셨을까. 설마 "혼자 가기 적적한데 함께 가주시겠나?"라며 서늘한 농담을 건네고 싶으셨을까. 망자의 생전 이틀에 본의 아니게 개입을 하다 보니 후유증이 꽤 오래갔다. 하늘나라에서는 섬망 증세도 없어지고 피부색도 원래대로 돌아왔기를. 고인의 명복을 빈다.

p.s. 글을 쓸 때 잔잔한 음악을 유튜브 스트리밍으로 틀어놓는데, 지금 막 루시드폴의 〈아직, 있다〉가 흘러나왔다. 아저씨가 내게 하고 싶었던 이야기는 전자였나 보다.

나이는 숫자에 불과하다

　서른 살에 일본으로 첫 해외여행을 갔다. 일본에 사는 공제와 전철을 타고 갈 때였다. 자리가 나서 공제와 앉아 가는데 어떤 할머니가 전철에 올라타 우리 앞으로 오셨다. 공제를 쳐다보니 그냥 앉아있으라는 눈짓을 줬다. 마치 그게 일본 문화라는 듯. 젊은 놈 입장에서 할머니 앞에 세워두고 계속 앉아가려니 영 불편했다. 할머니에게 한국말로 "여기 앉으세요!"라고 하며 자리에서 일어났다. 말은 통하지 않아도 내 의도를 바로 알아챈 할머니가 손사래를 치셨다. 다시 앉기 멋쩍었던 나는 계속 양보를 하며 "다이죠부데스(괜찮아요)"를 반복했다. 난감해하다 자리에 앉으신 후 연신 "아리가또 고자이마스(고맙습니다)"를 반복하는 할머니. 한국에서라면 일상적일 행동으로 전철 안의 시선을 한 몸에 받으니 자리 양보한 것이 후회가 될 정도였다.

나는 문득 과거의 한 장면이 떠올랐다. 전철을 타고 종로쯤을 지나갈 때였다. 피곤했던 나는 자리에 앉아 꾸벅꾸벅 졸고 있었다. 그때 발끝을 툭툭 건드리는 누군가의 지팡이. 머리 희끗한 노인은 경로 우대석이 아니었음에도 좌석의 주인인 양 아무도 부여하지 않은 권리를 행사하고 있었다. 아무 잘못도 없었지만 나는 죄송스러운 태도를 취하며 자리에서 일어났다. 유난히 옛것을 중시하는 아버지 때문에 윗사람에 대한 예절을 더 신경 쓰며 살아왔던 것 같다. 식사 자리에서는 가장 연장자가 숟가락을 들기 전까지 눈치를 봐야 했고, 대중교통 자리 양보는 호의가 아니라 의무였다. 그러나 내 안에는 언젠가부터 공경에 대한 의문이 조금씩 생겨나기 시작했다.

다시 일본에 대한 이야기. 〈비정상회담〉이란 예능 프로그램에서 일본인 타쿠야가 한 말이 인상적이었다.

"일본에서는 공기를 읽는다는 표현이 있어요. 일본에서 살려면 그게 정말 중요해요!"

혼잡하기 그지없는 시부야 횡단보도에서도 어깨 부딪치는 일이 없고, 길을 물은 이방인이 알려준 대로 잘 가는지 한참을 서서 지켜보는 일본. 그곳에서는 단 한 번도 노인의 안하무인 행동 때문에 불쾌했던 적이 없다. 나이가 많다는 이유로 생면부지의 타인에게 다짜고짜 상하관계를 강요하는 노인을 만나본 적도 없다. 반면 우리나라에는 산뜻한 공기를 한순간에 탁하게 만드는 어르신들이 많다. 정말 도처에 많아도 너무 많다. 흠, 반일 감정이 예사롭지 않은 시국에 이 단락을 이렇게 끝내면 안 될 것 같은 공기가 읽힌다. 독도는 자기네 땅이라고 우기는 일본 놈들 개새끼!

항암 치료를 받기 위해 주로 입원하던 다인실의 환자들은 대부분이 노인이었다. 문제는 이 연로하신 환자들에게 매너를 기대하기가 쉽지 않다는 것! 병실 내에서 지켜야 할 기본 수칙을 숙지하기에 버거운 나이라고 해도, 공기를 읽는 눈치만 있어도 하지 않을 행동들에 나는 수시로 인상을 찌푸렸다.

암세포와 싸워야 할 나는 종종 노인들의 스마트폰에서 비롯된 소음들과 싸워야 했다. 조용해야 할 병실에서 쩌렁쩌렁한 스피커폰 통화는 기본이고, 이어폰 없이 동영상 시청하는 환자들에게 시달리다 보면 고창읍성 맹종죽림 속으로 도망치고 싶은 마음이 간절했다.

가뜩이나 먹음직스럽지 않은 환자식을 앞에 놓고, 없는 입맛 이겨내며 한술 뜨려는 순간 들려오는 적나라한 방귀 소리는 수저를 집어던지고 싶게 만들었다. 생리적인 현상이라고 해도 타인에 대한 배려가 조금도 섞이지 않은 볼륨의 방귀 소리를 듣고 나면, 한껏 예민한 암환자 입장에서는 살의마저 생겨났다.

누군가 불쾌한 소리를 내며 개인 쓰레기통에 가래침을

뱉으면, 그에 질세라 화답하듯 들려오는 우렁찬 코 푸는 소리까지! 천상천하 유아독존 어르신 환자들은 도보 삼 초 거리에 있는 병실 내 화장실의 쓸모를 대놓고 무시했다. 수시로 들락날락하는 간호사와 간호조무사분들에게 반말을 건네는 건 기본 옵션이었다.

●　●　●

본격적인 항암 치료를 받기 위해 네 번째 입원했을 때 만난, 내 옆의 미운 일흔 살 환자는 놀랍게도 모든 것을 겸비하신 분이었다. 고관절 부위에 수술을 받고 하체에 보조 장치를 장착한 상태였기 때문에 회복을 위해 움직임을 최소화해야 하는 환자였다.

큰 소리로 통화를 하고, 수시로 가래침을 뱉고, 스마트폰으로 동영상 시청을 하는 것만으로 부족하셨는지, 도무지 간호사들의 말을 들으려 하지 않았다. 보조 장치를 임의로 푸는 것도 모자라 어느 날엔 링거 바늘까지 빼며 난동을 부리셨다. 한낮이어도 스트레스 충분히 유발할 그 망동을 무려 새벽 세 시에 하신 거다. 그날 한숨도 못 잔 나는 충혈된 눈으로 원망스럽게 그 할아버지를 쳐다보다 내 의지와 상관없이 통화 내용을 듣게 됐다. 아마도 자식 중 누군가와 통화하는 듯했다.

"도대체 언제 올 거야? 뭐가 바쁘다고 코빼기도 안 내비치는 거냐? 어제는 어제고 오늘은, 그래서 안 오게?"

미운 일흔 살 할아버지는 잔뜩 짜증 섞인 목소리로 여기저기 전화를 돌리며 문병 오기를 종용했다. 보기 딱했던 건 그렇게 교무실, 아니 병원에 호출된 자식들의 모습이었다. 인사 전에 핀잔부터 듣고 시작되는 그들의 문병은, 개콘 '밥묵자' 코너 실사판 같았다. 스마트폰만 들여다보며 한숨을 쉬는 자식들과, 가시 돋친 말만 쏘아대는 미운 일흔 살 할아버지. 내가 이삼십 대였다면 자식들이 미워 보였을까. 어느덧 중년의 나이가 되니 이면의 사정도 어렴풋이 상상이 됐다. 미운 일흔 살 할아버지가 자식들에게 어떤 아버지였을지 말이다. 자식들이 삼십 분도 채우지 못하고 도망치듯 돌아가고 나면, 미운 일흔 살 할아버지는 다시 간호사들을 괴롭히기 시작했다.

●　●　●

'나이는 숫자에 불과하다'는 말에는 두 가지 뜻이 있다. 아직 늦지 않았다고, 오늘이 가장 젊은 날이라고, 그러니 도전하라고. 이상하게 나이를 먹을수록 나에게는 다른 의미로 자꾸 다가온다. 나이는 숫자에 불과하고 아무것도 아니니 타인에 대한 하대가 권리는 아니라고. 아일랜드 출신의 작가 조지 버나드 쇼가 그랬다. '청춘을 젊은이에게 주기에는 아깝다'고. 나는 고개를 끄덕거리며 중얼거린다. 나이가 많다는 이유만으로 공경하기에는 아까운 노인도 있다고.

사십 대인 나는 노화를 경험하고 있다. 스마트폰 글씨가 잘 안 보이고, 중학생 때부터 나던 새치가 아닌 진짜

흰머리가 늘었다. 가장 슬픈 건 생각의 노화다. 웃기고 핫하다는 유튜브 동영상에 심드렁해졌고, 갈수록 증가하는 뜻 모를 줄임말들을 이해하지 못한다. 꾸안꾸(꾸민 듯 안 꾸민 듯), 얼죽아(얼어 죽어도 아이스 커피), 팬아저(팬은 아니지만 사진 저장). 맙소사! 세대 차이는 어쩔 수 없다.

중요한 것은 별다른 노력을 하지 않는 이상, 노화는 곧 꼰대가 되는 것을 의미한다는 점이다. 세상 속도가 빠른 만큼 가만히 있으면 중간이라도 가는 게 아니라 뒤처진다. 광고를 배우던 시절에 '어머니가 나이 마흔에 얼굴이 빨개지셨다'란 카피가 유행했었다. 나는 부끄러움의 기준을 낮춰가며 늙고 싶지는 않다. 전철 문이 열렸을 때 사람들이 내리기 전에 비집고 들어가는 노인이 되고 싶지 않다. 맘스터치 아르바이트생에게 반말로 주문하는 아저씨로 살고 싶지 않다. 한동안 '대한민국 중년 남성 80퍼센트가 동년배보다 젊은 감각으로 살고 있다고 착각한다'는 리서치 결과가 SNS에 돌아다녔다. 나이를 먹을수록 눈은 침침해질 테지만, 그래도 애써 부릅뜨고 공기를 읽어내야 한다.

환자입니다 혼자입니다

스물여덟 번의 방사선 치료와 여섯 번의 맛보기 항암 치료가 끝났다. 의사는 한 달간 집에서 쉬고 다시 와 본격적인 항암 치료를 받으라고 했다. 지금은 몸이 지친 상태라 집밥을 먹고 살을 찌워 체력을 올려야 힘든 항암 치료를 견뎌낼 수 있다고 했다. 갈 곳은 부모님 댁이었지만 잘 곳은 없었다. 부모님 댁 내 방은 이혼을 하고 돌아온 누나와 조카가 차지한 지 오래였다.

당산역 부근에 한 달 단기 임대 오피스텔을 빌렸다. 위치가 당산역인 이유는 부모님 댁과 연선이네 집의 딱 중간이었기 때문이다. 더블 침대와 냉장고, 에어컨, 응접 테이블과 의자 등이 옵션으로 있는 오피스텔에 이불 한 채와 최소한의 세간들을 채워 넣었다. 청소를 하고, 욕실의 세면도구를 정리하고, 붙박이 주방 한쪽에 머그컵 두 개를 가지런히 놓았다. 둘만의 한시적 보금자리를 꾸미다 이십 대 때의 연애가 생각났다.

결핍 혹은 불안으로 기억되는 그때. 풋풋했던 만큼 불충분했던 날들이었다. 데이트 비용이 없어 여자 친구와의 약속을 미룰 때는 빨리 취업해 돈을 벌고 싶었다. 입대 전에는 이 년의 떨어짐만 생각하면 수시로 가슴이 답답해졌다. 여자 친구와 외박을 하기 위해 집에 거짓말을 하는 것도 개운하지 않았다. 미성년자도 아닌데 모텔에 출입할 때면 왜 그리 누가 볼까 두리번거렸는지.

연선이와 함께할 수 있는 요즘, 아무도 방해하지 않는 곳에서 단둘이 있을 생각에 항암 치료에 대한 걱정도 잠시 내려놓을 수 있었다. 어긋났다가 힘들게 이어진 인연. 고맙게 주어진 시간에 맛있는 것을 같이 먹고, 즐겁게 이야기를 나누고, 뜨겁게 사랑을 나눠야지. 항암 치료 전 한 달이란 시간 앞에 더 애틋해진 우리는, 자주 싸웠다.

· · ·

아주 오래전부터 결혼식 없는 결혼을 꿈꿨다. 청첩장은 친한 소수의 지인이 주는 것을 제외하면 달갑지 않은 축의금 청구서였고, 교장 선생님 훈화를 유독 싫어했기에 결혼식장에 가면 주례사 듣는 것도 고역이었다. 사진 찍기는 결혼식 참석 증거를 남기기 위한 얼굴 도장 찍기 같았고, 뷔페 음식으로 결혼식의 질을 평가받는 것도 씁쓸했다.

그동안 사귄 여자 친구들 중 결혼은 하고 싶지만 결혼식은 올리고 싶지 않은, 나와 똑같은 생각을 하는 여자는 연선이가 유일했다. 긴 세월 돌고 돌아 다시 만난 연선이와 자연스럽게 결혼에 대한 꿈을 꾸기 시작했다. 물론 생각뿐이었다. 가난한 작가가, 언제 죽을지 모르는 암환자가, 딱히 내세울 것 없는 내가, 남의 집 귀한 딸내미 염치없이 고생시킬 뻔뻔함이 있을 리 없었다.

간사한 욕망은 있었다. 연선이가 좀 더 날 좋아해줬으

면, 몸도 직장도 통장 잔고도 건강한 남자 만나 잘 살라는 내 말에, "무슨 소리야? 나는 너랑 살 거야!"라고 얘기해주길 바랐다. 내 기준에 연선이는 흠잡을 데가 없었다. 연선이가 병문안을 왔다 가면 병실의 옆 침대 어르신 환자들은 다들 한 마디씩 했다.

"저렇게 예쁜 아가씨랑 왜 아직 결혼을 안 한 거야?"
"아가씨가 심성도 착하고 참 곱네. 요즘 여자들 중에 결혼도 안 했는데 암환자한테 저렇게 챙겨주는 사람이 어디 있어? 떠나고 후회하지 말고 얼른 잡아!"

내 말이. 연선이는 나의 여자 친구고 나는 연선이의 남자 친구지만 우리 사이에 미래에 대한 약속 같은 건 전무했다. 가끔씩 연선이 마음을 떠보기 위해 '주말 저녁에 동네 마트에서 저녁에 먹을 식재료를 같이 고르고. 어떤 와인이 가성비가 좋은지 얘기하고, 그렇게 너랑 같이 일상의 행복 누리며 살고 싶다'라고 얘기하면, 그런 상황에서 자연스러운 반응은 "꿈도 야무지다. 누가 너랑 같이 살아준대?" 같은 것이다. 그러나 연선이는 그럴 때마다 딴청을 피우거나 말을 돌렸다.

● ● ●

연인 사이의 흔한 싸움을 일부러 피하지 않았다. 남녀 관계가 성립하기 위해, 혹은 유지하기 위해서는 결정권을 누가 가지고 있는지 알아야 한다. 대부분의 결정권은 상대적 강자에게 있고, 강자의 조건은 다양하다. 외모, 재력, 나이, 그 외의 특출난 매력들. 매달리는 모양새는 강자가 약자에게 행할 때 자연스럽다. 부자에게 빈자가 매달리면, 이십 대 여자에게 사십 대 남자가 매달리면 안쓰럽고 딱하고 추하다.

떠나려는 건강한 여자에게 가지 말라고 암환자가 매달리면, 신파 중에서도 최악의 신파다. 나는 알고 있었다. 아무것도 줄 것 없는 내가 연선이를 붙잡기 위해서는 매번 져야 한다는 것을, 기울어진 관계를 인정하고 좀 더 특별하고 극진한 사랑으로 관계를 유지해야 한다는 것을. 그래서 더 싸웠다. 져야 하는 순간에 지지 않으려고 노력했다. 우리 관계의 결정권을 연선이가 가지고 있는 것을 알면서 내가 매달린다면 둘 다 힘들어질 것으로 생각했다.

더 용기를 내지 않은 연선이에게 섭섭한 마음이 들거나 하지는 않았다. 여자가 사랑에 빠지면 모든 것을 걸지만, 연선이가 나에게 그만큼 빠지지 않았을 뿐이다. 내가 내민 카드가 매력적이지 않아 응하지 않은 것뿐이다. 마지막으로 연선이를 만나 낮술을 마셨다. 술에 취하고 헤어질 시간이 얼마 남지 않았을 때, 신기하게도 고맙거나 미안한 마음이 들지 않았다. 연애의 끝을 채운 건 언제나 아쉬움이었는데 연선이와의 두 번째 이별에서는 쓸쓸한 마음만 들었다. 암환자가 주인공인 특별한 사랑 이야기는 드라마나 영화 속 이야기구나. 우리 사랑은 대단한 것이 아니었구나. 자리에서 일어나며 연선이가 마지막 대사를 나에게 던졌다.

"사실 너 별로였어!"

군더더기 없는 확실한 결말이었다. 속편의 여지 없이 완전한 연애의 끝. 다시 글을 쓰게 된다면 필명을 별로라고 지어야지.

벚꽃이 유독 예쁘게 흩날리는 날이었다. 스물여덟 번의 방사선 치료로 코가 망가진 나는 흔들리는 꽃들 속에서 아무 향도 느낄 수 없었다.

항암본색 1

항암 치료법은 크게 세 가지로 나뉜다. 수술, 방사선, 항암제다. 대부분의 암환자는 자신의 질병과 상태에 따라 두세 가지 치료법을 혼용한다. 수술은 주로 고형암을 제거하는 경우의 치료법이라, 혈액암의 일종인 림프종은 방사선 치료를 받으며 항암제를 맞는다.

흔히 항암제를 맞는다고 하면 무균실 속에서 파리한 낯빛으로 비련의 주인공처럼 누워있는 모습을 연상한다. 처음 맞아본 항암제는 생각보다 싱거웠다. 수액을 맞는 것처럼 병실 침대에 누워 링거를 맞으면 된다. 다른 점이라면 항암제 패키지가 살짝 섬뜩하다는 것. 투명한 비닐인 일반 수액과 달리 체르노빌이 연상되는 노란색 비닐에 '단독 투여'라는 빨간색 스티커가 붙어있다(항암제의 종류에 따라 투명한 비닐도 있기는 함!). 간호사들이 더 자주 와서 상태를 체크하는 것도 다른 점 중에 하나다. 항암 제를 맞을 때는 혹시나 발생할 돌발 상황(쇼크나 경련 같은)에 대비해 침대 주변에 제세동기나 필요한 물품을 갖다 놓는데, 그걸 보면 일반 수액을 맞을 때보다 조금 더 긴장이 되기도 했다.

여기까지가 S 병원에서 권장하는 바른 생활 암환자의 항암제 투여법이라면, '항암제 그까이 꺼'라며 마이 웨이를 가는 환자도 흔하게 볼 수 있었다. 바퀴가 달린 링거 거치대를 밀며 항암제 투여와 동시에 병원 내 산책을 하는 건 양호한 편이라고 해야 할지. 어떤 아저씨 환자는 병원 근처에서 담배를 피우며, 나처럼 잔뜩 쫄아 있는 환자에게서 존경심을 끌어내기도 했다.

나는 입원하고 며칠 지나지 않아 방사선 치료의 보조 개념으로 항암제를 맞았다. 얼추 대여섯 번을 맞았는데 부작용은 제로에 가까웠다. S 병원 개원 이래 최초의 뚱 뚱한 암환자 타이틀을 거머쥐는 건 아닌지 걱정이 될 정도로 밥도 잘 먹고 매일 최고 체중을 경신했다. 모발은 풍성했으며 오심이나 섬망 같은 단어는 내 사전에 등록되지 않았다. 친구들에게 "아무래도 나 항암 체질인가 봐. 적성에 맞는 것 같아!"라고 너스레를 떨기도 했지만, 그때 맞은 항암제는 일종의 애피타이저 같은 거라고 나중에 전공의가 말해줬다.

"메인 코스 나오면 아마 정신 못 차리실 걸요?"

전공의의 의도는 너무 룰루랄라 하는 나에게 살짝 겁을 주려는 것이었겠지만, 솔직히 걱정 반 기대 반이었다. 나도 슬슬 암환자의 아우라를 풍기고 싶었기 때문이다.

● ● ●

혈액종양내과 주치의 선생님은 항암제 투여가 한 번 입원에 10회 이상, 총 두 번에 걸쳐 진행될 거라고 설명해주셨다. 매일 혹은 하루 쉬고 맞는 일정이니 한 번 입원을 하면 최소 이 주 이상을 입원해야 한다고. 드디어 항암제가 링거 줄을 타고 오른쪽 가슴 안에 있는 케모포트를 지나 내 혈관 속으로 들어왔다. 별 탈 없이 첫 번째 항암제를 맞았다. 의사와 간호사가 수시로 나의 몸 상태를 체크했다.

"특별히 불편한 점은 없으세요?"

"그냥 다른 링거 맞을 때랑 비슷한 거 같은데요. 항암제 맞으면 막 토하고 그런다는데 맞을 만하네요."

"부작용 없는 분들도 계세요. 환자분은 운이 좋으신 겁니다."

"제가요?"

그럼 그렇지. 나는 그냥 평범한 암환자였다. 바로 다음 날부터 항암제는 존재감 뿜뿜. 밥맛이 뚝 떨어졌다. 병원식이 나오면 한두 숟갈 먹고 이내 식판을 물렸다. 밥을 먹지 못하니 기운이 없고, 매사 무기력하니 하루 종일 병든 닭처럼 꾸벅꾸벅 졸았다. 먹은 것도 별로 없는데 가끔 설사를 했다. 그나마 오심 증상이 없는 건 다행이었다. 밤에는 미친 듯한 편두통이 밀려왔다. 두통약이 힘을 못 쓰는 날에는 간호조무사에게 부탁해 히터가 가동되는 병실에서 얼음주머니를 베고 잤다.

항암제가 세 번째 투여됐을 때 드디어 호중구가 500 밑으로 떨어졌다. 호중구는 백혈구에서 가장 많은 비중을 차지하는 세포다. 백혈구의 정상 수치가 4,000~10,000마이크로리터인데, 호중구는 그중 40~70퍼센트 정도. 항암제를 맞으면 호중구는 정상 수치에서 뚝 떨어진다. 500 이하가 되면 면역력이 급격히 약해지기 때문에 무균실에 들어가야 한다.

사실 건강한 사람의 몸에도 매일 암세포는 생겨난다. 그 수가 무려 오천 개다. 그럼에도 대부분의 사람이 암에 걸리지 않는 이유가 바로 면역세포 때문이다. NK/T 세포라고도 하는데 매일 생겨난 암세포 및 각종 유해 병균들을 제압하는 것이다. 쓰다 보니 이런 이야기는 암 관련 서적에 너무 흔하게 수록된 거라 이쯤에서 그만.

암환자나 암환자의 가족들은 호중구 500만 기억하면
된다. 무균실의 안과 밖은 차이가 너무 크기 때문이다.

●　●　●

호중구가 500으로 떨어진 날 오전에 간호사가 와서
무균실에서 생활할 때 필요한 것이 적힌 리스트를 건네
줬다. 보통은 암환자의 보호자가 병원 근처 약국이나 슈
퍼, 의료 전문점에서 사 오지만 나는 직접 사러 갔다. 서
류상 보호자인 엄마는 연세가 너무 많으셨고, 그녀도 더
이상 내 곁에 없었으니까.

무균실에 들어가기 전에 보호자가 가장 신경 쓰는 건
먹거리다. 하지만 무균실 특성상 대부분은 반입이 금지
된다. 잼처럼 습기가 포함된 과자류가 대표적인 금지 품
목이다. 내가 제일 좋아하는 초코 다이제스티브도 출입
을 금지당했다. 아마도 초콜릿이 녹을 수 있어 그런 것
같았다. 생수는 반입이 허용되지만 한 번 마시고 남은

생수는 균이 증식할 수 있으므로 버려야 한다. 식사 때마다 끓인 보리차가 제공되니 굳이 생수에 돈 쓸 필요 없다. 김은 안 되지만 멸균된 통조림 반찬은 의외로 가능하다. 물론 부질없다. 어차피 무엇이든 먹고 싶은 생각이 안 드니까. 사람마다 다를지도 모르겠지만 나에게는 딱 하나 예외의 먹거리가 있었다. 춤크래커였다. 입원 전에 짐을 꾸리며 가족들과 인사를 나눌 때였다. 병원에 가려는 나에게 항암 선배 격인 누나가 건네준 건 춤크래커였다.

"나 항암 할 때 이것만 먹었어. 다른 건 몸이 거부하는데 그래도 이건 들어가더라. 혹시 모르니까 가져가 봐."

같은 핏줄이라 항암 입맛도 닮은 건지 대부분의 식사를 그대로 물린 나는, 춤크래커 몇 개와 약간의 수분으로 무균실에서 아사하지 않고 버틸 수 있었다. 매일 0.5킬로그램을 감량하는 항암 다이어트를 병행하며.

항암본색 2

한남동 S 병원에는 네 개의 무균실이 있다. 내가 자주 입원했던 병실과 같은 층 복도 끝에 있었는데, 무균실은 평소 복도를 왔다 갔다 하며 원내 산책을 할 때에도 미지의 영역이었다. 무균실의 특성상 통제가 엄격했기 때문이다. 의료진이 들어갈 때 잠깐 열린 문틈으로 내부를 봐도 입구의 사물함만 보일 뿐이었다.

드디어 무균실 입성! 입실 절차는 다음과 같다. 입구에서 간호사가 짐을 받아준다. 외투나 가방 등 입원 중에 필요 없는 소지품은 사물함에 넣고 입장. 전신 소독을 하고 무균실에 들어가면 간호사가 와서 스마트폰이나 노트북, 그 외 가지고 온 물건들을 깨끗이 닦아준다.

간호사가 나가면 밀봉되어 건네진 환자복으로 갈아입는다. 일반 병실에서의 환자복은 김칫국물이 묻거나, 채혈 시 피가 튀거나, 땀에 젖지 않는 이상 사나흘에 한 번씩 갈아입었다. 하지만 무균실에서는 청결 유지를 위해 매일 갈아입었다.

무균실의 내부는 연명실과 비슷했는데 차이점이라면 양쪽에 크게 난 창문 덕분에 분위기가 훨씬 밝았다(연명실에는 창문이 없다!). 복도를 향해 난 창문은 상주 간호사가 내부를 확인하기 위함이고, 바깥쪽 창문은 열리지 않는 통창으로 역시나 나인원한남 뷰였다.

침대 바로 옆에 개인용 세면대가 있고 일반 병실처럼 무소음 미니 냉장고와 수납공간도 있었다. 침대의 발끝쪽 벽에는 커다란 벽걸이 TV가 있고, 세심하게 캐치원 채널까지 나오는 올레TV였다. 대기업 회장님들이 비리를 저지르고 입원하는 특실에서 거실 공간만 빠졌다고 생각하면 얼추 비슷한 수준.

나 같은 중증 암환자의 치료비는 의료보험이 적용되어 비용의 5퍼센트만 청구되는데, 대신 입원실은 4인실까지만 선택 가능하다. 3인실 이상부터는 보험이 적용되지 않는다. 호기심에 알아본 1인실의 하루 입원비는 특급호텔 숙박비에 버금가는 하루 오십만 원 이상이었다. 무균실은 물론 보험이 적용되고, 치료 과정 중 하나의 개념이기에 입원비도 저렴하다. 하루에 일이만 원 정도? '오십만 원 수준의 병실을 일이만 원에 이용하면 개꿀이잖아?'라는 생각이 들었다. 무균실의 치명적인 단점을 알기까지는 말이다.

• • •

항암 치료 일정은 일반 병실이나 무균실이나 크게 다르지 않았다. 암환자의 하루는 새벽 다섯 시에 시작된다. 흔히 여사님이라고 부르는 간호조무사가 와서 자고 있는 환자를 깨워 체중을 잰다. 거동이 불편한 고령의 환자가 많다 보니 간호조무사가 침대까지 바퀴 달린 의자형 체중계를 갖고 오면, 암환자는 잠결에 부스스 일어나 의자에 잠깐 앉았다가 다시 침대에 누워 잠을 청한다. 아침 식사가 나오기까지 두 시간 정도가 남아있어서 다시 잠들면 좋은데, 곧이어 간호사가 와서 채혈을 한다. 아침 식사가 나오는 일곱 시쯤 해도 좋을 체중 측정과 채혈을 왜 굳이 새벽 다섯 시에 하는지 생각해봤는데, 아마도 오전 여덟 시쯤 담당 의사가 회진을 돌기 전에 때 미리 환자의 상태를 파악하기 위한 것으로 보였다.

대충 스마트폰을 보다 화장실에 가서 씻으면 아침 식사 시간이다. 야쿠르트 아줌마의 전동 카트보다 네 배 정도 큰 전동 식판 카트가 병실 앞 복도까지 오면, 식당 아주머니가 침대까지 식판을 배달해준다. 식사가 끝나면 수거해 가는데, 상대적 젊은 피인 나는 조금이라도 식당 아주머니 일을 덜어드리기 위해 식사 후 직접 전동 카트에 식판을 꽂았다.

복도까지 나온 김에 편의점에 가는 척 병원 밖으로 나오거나 구름다리를 지나 신관 옥상의 흡연 구역에서 의료진 몰래 담배를 피우고 오면, 주치의를 필두로 한 무리의 의료진이 회진을 돈다. 주치의와 그 아래 두세 명의 의사, 양장을 입은 베테랑 수간호사와 담당 간호사 등 대략 대여섯 명이 병실에 들어와 "간밤에 별일 없으셨어요? 컨디션은 어떠세요?" 같은 인사를 건네며 그날의 치료 일정을 알려주기도 하고, 즉석 Q&A 시간이 펼쳐지기도 한다. 여기까지가 일반 병실과 무균실의 공통적인 아침 풍경이다.

무균실에서는 회진이 끝나면 한두 시간에 걸쳐 항암제를 맞는다. 그리고 끝. 점심 식사가 나오면 먹는 둥 마는 둥하다 TV 시청, 낮잠, TV 시청, 낮잠, 저녁 식사가 나오면 깨작대다가 TV 시청, TV 시청, TV 시청, 밤잠. 얼핏 팔자 좋은 말년 병장의 하루처럼 보일지도 모르겠다. 문제는 독한 항암제에 점령당한 몸 상태가 조금 역동적인 수준의 식물인간 같다는 것. 의욕은 무균실 출입 금지다.

• • •

무기력의 사각지대 없이 항암제가 몸속 구석구석을

초토화시킨 지 어언 일주일, 비로소 위기는 시작됐다. 무균실에서 미치도록 나가고 싶어진 것이다.

나에게 공황장애 같은 증상이 있는 건지 누구나 다 그런 건지는 잘 모르겠다. 하와이에서 돌아오는 비행기 안에서도 한 번 엄청나게 힘들었던 기억이 있다. 갑자기 비행기에서 내리고 싶어진 것이다. 당연히 내릴 수 없었다. 내리고 싶은데 내릴 수 없다는 사실에 호흡까지 가빠지는 것 같았다. 무균실에서 나가고 싶은데 나갈 수 없다는 상황이 나를 너무 힘들게 했다.

아무리 답답한 군대라고 해도 연병장을 돌기도 하고, PX에 가서 냉동만두도 전자레인지에 돌려 먹고, 가끔씩 소각장 뒤에서 얼차려도 받고, 그러면 어쨌든 국방부 시계는 돌아갔다. 비행기 안에서의 위기는 몇 시간 후면 착륙할 것이기에 간신히 참아낼 수 있었다.

3평 남짓한 무균실에서 일주일을 보냈는데, 최소 일주일은 더 있어야 한다는 사실에 암은 둘째 치고 정신병에 걸릴 것 같았다. 무균실에서 탈출할 수 있는 방법은 단 하나, 항암제를 이겨낸 몸이 호중구 수치를 500까지 끌어올리는 것! 새벽 다섯 시에 채혈을 하면 오전 일곱 시 쯤 그날의 호중구 수치를 알 수 있다. 나는 매일 아침마다 간호사에게 호중구 수치를 묻고 실망하는 일을 반복했다.

● ● ●

암환자 룩의 완성은 비니다. 쿠크다스 광고에도 나왔고, 이선희의 〈그중에 그대를 만나〉 뮤직비디오에도 나왔고, 조셉 고든 레빗 주연의 영화 〈50/50〉에도 나온, 암에 걸린 사랑하는 사람을 위해 비니를 벗으며 민머리를 보여주는 장면. 나를 위해 머리를 밀어줄 애인은 떠나고 없었지만, 암환자 룩의 완성을 위해 탈모가 언제 찾아올까 촉각을 곤두세우며 기다렸다. 그리고 나에게도 어김없이 항암제의 은총이 시작됐다. 무료한 무균실에서 수시로 세면대 위 거울을 보며 "왜 머리가 안 빠지지?" 를 중얼거린 지 일주일, 베개와 침대 위에 심상치 않은 머리카락들이 눈에 들어왔다. 나는 '첫니' 빠진 아이가 들뜨고 놀란 마음에 엄마를 찾듯 쪼르르 간호사에게 달려갔다.

"머리가 빠지기 시작했어요!"

"항암 치료 끝나면 머리카락은 다시 자라니까 너무 상심하지 마세요!"

간호사가 온화한 미소를 지으며 위로를 건넸다. 듬성듬성 빠진 머리가 보기 싫어 어정쩡한 표정을 짓고 서 있으니, 간호사가 원하면 완전히 밀어준다고 했다. 바리캉까지 비치되어 있는 걸로 봐서 무균실에서는 흔한 일 같았다. 간호사가 능숙한 솜씨로 머리를 깎아주는데, 열 살은 족히 어릴 듯한 간호사가 엄마처럼 푸근하게 느껴졌다. 생애 최초의 스킨헤드. 거울 속에는 누구에게도 꿀리지 않을 완벽한 모습의 암환자가 있었다. 간호사가 자리로 돌아간 후 거울 속의 나와 천천히 하이파이브를 했다.

항암본색 3

무균실에서 출소해 일반 병실로 옮겨진 건 이 주일 정도가 지나서였다. 호중구 수치가 500을 넘긴 건 아니었다. 1차 항암제가 거의 다 들어간 시점이었고, 마음 약한 의료진이 힘들어하는 나를 배려해준 것 같았다.

엄연히 호중구 500이란 무균실 입출소 자격 조건이 있는데, 보기 딱하다고 아무런 대책 없이 꺼내줄 수는 없다. 일반 병실로 옮겨지자마자 호중구 수치를 높여주는 촉진 주사를 맞았다. 매일 아침 설렘과 실망을 반복하며 확인했던 호중구 수치가 주사를 맞자마자 2,000까지 치솟았다. 인위적인 방법이기에 자연스럽게 회복되는 것보다 좋을 리야 없겠지만, 무균실을 나왔다는 사실만으로 제대로 숨이 쉬어졌다.

4인실의 병실 분위기는 여전히 못마땅했다. 스마트폰으로 시끄럽게 트로트 동영상을 보는 사람과, 대놓고 트림을 하는 다른 사람과, 젊은 사람이 무슨 병에 걸렸기에 무균실에서 나오냐고 귀찮게 묻는 또 다른 사람이 있었다. 똑같은 옷을 입고, 똑같은 통증을 견디고, 똑같은 바람을 갖고, 똑같은 시간을 보내는 못마땅했던 사람들. 나는 혼자가 아닌 그 사람들 속에서 좀 살 것 같아졌다.

● ● ●

환자식이 맛없다는 건 옛말이다. 병원에서 근무하는 영양사도 오랜 세월 보고 듣는 것이 있는데 노력을 안 할 리 없다. 내가 항암 치료를 받는 S 병원도 병원식이 꽤 훌륭했다. 일반식과 특식 중에서 선택할 수 있는데, 일반식도 먹을 만하고 특식은 기대 이상이다. 특식의 메뉴는 예를 들어 짬뽕이나 마파두부밥, 스파게티, 일본식

카레 같은 것들이다. 일반 식당처럼 염분을 과도하게 사용하는 건 아니지만, 환자식의 카테고리에서는 충분히 화려한 풍미를 자랑한다. 입원 초기였던 방사선 치료와 맛보기 항암 치료를 받을 때만 하더라도 식판을 싹싹 비웠다. 어떤 날은 식사 시간이 기다려질 정도였다. 본격적으로 항암 주사를 맞고 난 후에는 앞에 썼듯이 거의 못 먹었다. 밥 생각이 전혀 안 났다. 아마도 항암제 성분으로 다이어트 약을 개발한다면 대박이 날 것이다. 목숨이 왔다 갔다 한다는 사소한 단점이 있지만 살은 확실하게 쭉쭉 빠진다.

　1차 항암 치료가 끝나고 며칠간의 짧은 휴가를 받아 부모님 댁에 왔다. 몸무게는 60킬로그램대 초반까지 빠진 상태. 헛구역질이 나올 정도로 몸속에서 여전히 항암제 냄새가 폴폴 올라왔지만, 나는 엄마가 해준 김치볶음밥을, 만둣국을, 비빔밥을, 된장찌개를, 잡채를, 불고기를, 매 끼니 2인분씩 먹었다. 무균실에서는 항암 다이어트로 매일 0.5킬로그램씩 빠졌는데, 며칠 집밥을 먹으며 매일 2킬로그램씩 쪘다. 병원에서 집으로 공간만 바뀌었을 뿐인데 왜 입맛이 돌까? 신기했다. 내 몸이 기억하고 있는 집밥의 맛은 독한 항암 성분에도 끄떡없다는 반증일지도. 살면서 아무리 배가 고파도 반찬을 많이 먹으면 먹었지, 공깃밥을 추가한 기억은 거의 없었다. 식사 때마다 밥을 두 공기씩 비워대는 나를 엄마는 엄청 신기한 눈으로 쳐다보셨다.

$$\bullet \quad \bullet \quad \bullet$$

두 번째 무균실 입소 때는 만반의 준비를 했다. 집밥에서 힌트를 얻은 나는 전투식량 비빔밥을 여러 개 준비해 갔다. 군대에서 먹었던 전투식량 비빔밥의 맛처럼 강력한 기억이 또 있을까 싶었다. 오리지널은 끓는 물을 부어야 해서 산악인들이 행동식으로 먹는 특수한 전투식량 비빔밥을 구해갔다. 찬물을 부어도 동봉된 특수 장치에 의해 쉭쉭 소리를 내며 물이 끓고 내용물이 익는 방식이다. 먼저 구매한 사람들의 후기도 훌륭했다. 그러나 무균

실로 옮기자마자 반입 금지. 간호사는 혹시 모를 안전사
고 때문에 곤란하다는 입장이었다. 훈련장에서 몰래 갖
고 들어간 소주병이라도 들킨 예비군처럼 사정을 해봐
도 소용없었다. 다시 항암 다이어트가 시작됐다.

• • •

책을 몇 권 갖고 갔지만 읽고 싶은 생각이 전혀 안 들
었다. 항암 에세이라도 쓸 요량으로 적은 메모도 정리하
고 하루 작업 분량도 정한 상태였지만 노트북을 켜지도
않았다. 다시 조금 역동적인 식물인간 상태의 반복. TV
만 봤다. 엄밀히 말하면 TV가 틀어져 있었고, 눈만 뜨고
아무것도 하지 않는 완벽한 무위 그 자체였다.

어떤 경험은 두 번째 반복되는 경험에 노하우를 제공
해 상황을 수월하게 만든다. 하지만 무균실 생활에 경험
은 전혀 도움이 되지 않았다. 첫 번째 들어왔을 때 일주
일쯤 지나서 찾아온 미치도록 나가고 싶은 증상은, 두 번

째 들어왔을 때는 불과 이삼 일이 지났을 때부터 시작됐다. 예정된 항암 주사의 횟수로 짐작했을 때 가장 빠르면 십이 일, 몸 상태가 안 좋아 사이에 주사를 거른다면 보름까지도 예정된 무균실 생활이었다.

하고 싶은 일이, 할 수 있는 일이 아무것도 없어서 팬티를 벗고 환자복만 입고 생활해봤다. 스스로 부여한 은밀한 자유도 별 소용이 없었다. 제법 친해진 무균실 간호사에게 연애편지를 써볼까 쓸데없는 고민을 해봤다. 그러기엔 나이 차이가 많이 나는 것 같은데. 연애편지를 건넨다면 무균실에서 나가는 순간 바로 위층의 정신 병동으로 옮겨질 것이 분명했다.

군대 병장 시절이 알찬 날들처럼 느껴질 정도로 지독하게 시간이 안 가는 무균실에서, 그나마 위안이 되어준 건 〈슬기로운 의사생활〉이란 드라마였다. 암환자의 몸으로 무균실이란 공간에서 병원 드라마를 보니 몰입도가 하늘을 찔렀다. 희로애락 애오욕이 드라마 안에 다 있었고, 나는 울고 웃고 공감하고 반성하고 후회하고 심기일전했다. 여기서 심기일전이란 말이 좀 튈지도 모르겠다.

암환자가 된 후 우울증이 걱정될 정도로 다운된 상태가 지속됐는데, 조금은 바뀌어 건강을 회복해 글도 열심히 쓰고 잘 살고 싶어진 것이다. 드라마를 보고 푹 빠진 미소 천사 허선빈, 바로 그 하윤경이란 배우 때문만은 아니다. 어느덧 길고 지루했던 항암 치료가 끝나가고 있기 때문일 거다. 아마도.

따뜻한 말 한마디

한남동 S 병원의 의사와 간호사들은 말투가 비슷하다. 병원에 취업이 결정되면 원내 스피치 규정에 따른 교육이라도 받는 건지 모두가 한결같다. 포인트는 억양이다. 유치원 교사가 병아리 같은 원생들에게 얘기하는 것 같기도 하고, 청력이 좋지 않은 할머니에게 손녀가 또박또박 힘주어 얘기하는 것 같기도 한 그런 말투.

강남의 성형외과를 제외한다면 아파서 병원에 오는 환자의 상당수는 노인이다. 영화 〈벤자민 버튼의 시간은 거꾸로 간다〉를 보면 노인은 곧 아이기도 하다. 환자가 비록 젊은 연령대라고 해도 의사 앞에서는 대부분 말 잘 듣는 아이가 되기도 하고. 그래서 그런 걸까? 겁에 질린

아이 달래듯 친절하고 다정하게 건네는 의사와 간호사
의 말들이 자주 내 마음을 말랑말랑하게 만들어줬다.

"식사는 하셨어요?"
"무슨 책을 보고 계세요?"
"오늘 퇴원하실 건데 누가 오시기로 하셨어요?"

볼륨을 조금 높이고 끝음을 점점 끌어올려 건네는 따
뜻한 말들. 의사보다 더 자주 환자와 대면하는 간호사에
게는 손녀 모드 옵션이란 말투 하나가 더 있다. 평소 내
가 극혐하던 반 야자를 남발해도 화자가 백의의 천사라
면 얘기는 달라진다.

"할머니, 지금 몸무게 재야 돼! 우리 잠깐만 일어날까?
영차!"
"밤에 여기가 아팠어? 많이 아팠어? 이 주사 맞으면 이
제 안 아파!"
"먹기 싫어도 먹어야 빨리 집에 가지!"

세상에서 가장 힘든 일은 사람을 대하는 일이다. 아파서 마음의 여유가 없는 사람들을 어르고 달래야 하는 간호사는 대표적인 극한 직업이다. 고작 이십 대 중반의 가녀린 간호사들에게 수시로 존경심이 들었다. 생과 사가 교차하는 우리 층에서는 별의별 일이 다 있는데, 한번은 암환자 한 명이 병실 안에서 담배를 피우며 고래고래 소리를 지르고 난동을 부렸다.

"씨발! 어차피 암으로 죽을 건데 담배 좀 피우면 어때?"
"다른 환자분들 있잖아요. 담배 피우실 거면 나가서 피우세욧!"

무섭지도 않나. 저런 용기가 어디서 나올까. 나 같은 겁쟁이 환자는 침만 꼴딱 삼킬 뿐이었다. 건장한 경비가 아닌, 왜소한 체격의 간호사가 조금의 망설임도 없이 막장 환자를 상식적인 말로 제압할 때는 박수를 치고 싶었다. 간호사의 말투 옵션에 말 안 듣는 다 큰 아들 호되게 꾸짖는 엄마 모드가 있다는 것도 그때 알았다.

• • •

내 항암 치료의 컨트롤 타워는 혈액종양내과다. 주치의가 기본적인 항암 계획을 수립하고 협진이 필요한 다른 과들과 상의해 세부적인 치료를 결정하는 식이다. 여기서 말하는 협진이 필요한 과는 꽤 다양했다. 발병 부위가 비강이었기에 이비인후과는 기본이었고, 방사선 치료를 위한 방사선과도 자주 갔다. 누워있는 시간이 많아 땀띠의 상위 버전인 모낭염이 발병한 적도 있어 피부과 치료를 받기도 했으며, 항암 치료 전 구강 상태를 점검하기 위해 치과 진료를 받기도 했다. 케모포트 삽입과 제거 수술을 위해 흉부외과를 서너 번 갔고, 추후에 받을 망가진 코 재건 수술을 위해 성형외과 상담을 받은 적도 있다.

한남동 S 병원 모든 과의 의사와 간호사분들은 친절하고 전문적이었다. 암환자의 말에 귀 기울여주었고, 적절한 의료 서비스를 제공해주어 환자 입장에서 별다른 불만을 느끼지 못했다. 나는 진료를 받고 나면 언제나 진심으로 "감사합니다!" 하고 인사했다. 이비인후과의 교수님도 그랬다. 친절하고 실력 좋고 통증을 호소하면 그날의 치료 계획을 바꾸면서까지 환자를 배려해줬다. 평소와 다를 바 없이 그날도 나는 이비인후과에 들러 콧속을 스캔하고, 소독을 하고, "감사합니다!" 인사를 하고 나올 생각이었다.

치료용 의자에 앉아 교수님에게 몸을 맡기고 있을 때였다.

"많이 속상하시죠?"

무심코 건네받은 따뜻한 말 한마디에 가슴속 어딘가에서 찌릿한 전류가 흐르는 것 같았다. 암 투병 후유증으로 망가진 얼굴을 누군가 처음으로 어루만져준 기분이었다.

아! 그보다 먼저 내 얼굴에 대한 고백을 해야겠다.

· · ·

　비중격은 비강 중앙에 있는 가로막이다. 콧구멍을 둘로 나누고 코를 지탱하는 1센티미터 남짓한 피부와 연골. 항암 치료를 받아야겠다고 결심한 이유가 바로 비중격의 괴사 때문이었다. 방사선 치료가 끝나자 부기가 빠져 처참했던 얼굴이 어느 정도 진정되었지만, 치료가 잘 끝났다는 사실에 기뻐할 틈도 없이 참담해졌다.

　고작 1센티미터의 연골이 사라졌을 뿐인데 혐오스러운 괴물이 거울 속에서 나를 응시하고 있었다. 삼각 텐트에서 폴대가 사라졌다고 생각하면 된다. 코가 지지대 없는 텐트가 힘없이 내려앉은 것처럼 주저앉았다.

　비중격의 상실은 모든 것을 바꿔놨다. 대인기피증은 자연스러운 수순. 코로나의 창궐은 내 입장에서는 다행스러운 일이었다. 전 세계 사람이 마스크를 쓰기 때문에 항상 마스크 쓰고 생활하는 내 모습이 튀지 않아서다. 바뀐 외모 때문에 달라진 일상은 뒤에 더 자세히 쓸 생각이다.

어쨌든 혈액종양내과 교수님은 재건 성형수술을 완치 판정을 받는 오 년 후에 하라고 했다. 방사선과 교수님은 금연을 해야 나중에 성형수술도 잘 받을 수 있다고 했다. 모두 적절한 의학적 소견이다. 이비인후과 교수님도 재건 수술의 방식에 대해 설명해줬다. 그것만으로도 나는 충분히 감사할 준비가 되어 있었는데.

"많이 속상하시죠?"

의사와 환자의 관계를 사람과 사람의 관계로 바꿔준 뜻밖의 마음 한마디. 교수님이 나보다 나이가 많았다면, 옆에 간호사가 서있지 않았다면, 내가 눈물을 흘려도 주책맞을 나이가 아니었다면 그 자리에서 아이처럼 펑펑 울었을 만큼 말 한마디의 힘은 강력했다. 꾹꾹 눌러왔던 힘들고 서러운 감정들이 한꺼번에 밀려와 황급히 진료실을 나왔다. 나는 처음으로 감사합니다, 라는 말을 하지 못했다.

환자복 벗고 햇빛 입던 날

공식적인 치료가 모두 끝나 입원 당시 받았던 검사들을 다시 받았다. 혈액 검사를 시작으로 엑스레이, CT, PET-CT, MRI, 초음파 검사 등. 암이 얼마나 진행됐는지 알기 위해 받았던 전과 달리, 몸이 얼마나 건강해졌는지 확인하기 위해 받은 것이다. 결과를 기다리는 일주일 동안 일이 손에 잡히지 않았다. 관악산까지 이어진 부모님 댁 근처 둘레길을 걸었다. 오랜 입원 생활로 체력이 약해져 산비탈에 만들어진 계단을 조금만 걸어도 땀이 비 오듯 했다.

토끼, 까치, 호박벌, 고양이, 청설모가 그곳에 있었다. '안녕! 나는 항암 치료가 끝나서 건강을 회복하기 위해 운동하는 중이야!' 할머니와 할아버지들이 효과가 의심되는 다양한 운동기구에 매달려 노년의 일상을 보내고 계셨다. '제가 암환잔데요, 치료가 잘 끝나서 며칠 전에 퇴원했어요!' 왔던 길을 돌아가기 싫어 난곡동 쪽에서 둘레길을 빠져나오면, 다양한 가게 안에서 열심히 생업에 종사하는 사람들이 있었다. '저도 곧 다시 일을 시작할 겁니다. 이제는 몸이 괜찮아졌거든요!' 무엇에게든 누구에게든 자랑하고 싶었다. '제 목숨을 걸고 오백 원짜리 동전을 던졌는데 학이 나왔어요!' 내 머리 위로 쉬지 않고 말풍선이 떠올랐다가 사라졌다. 4월의 햇빛이 지금은 틀림없는 봄이라고 증명하고 있었다.

일주일 후 찾은 병원에서 혈액종양내과 교수님이 비포앤 애프터 검사 결과 화면을 보며 설명을 해주셨다.

"여기 하얀 거 보이시죠? 여기에는 하얀 부분이 거의 남아있지 않죠? 치료는 잘 끝났다고 생각되는데, 코끝에 조그맣게 남아있는 하얀 부분이 조금 신경 쓰이네요. 이비인후과에서 조직 검사를 하면 좋을 것 같아요."

다시 며칠 후 받은 조직 검사 결과는 '단순 염증으로 사료됨'이었다. 몸 안의 작은 상처와 암세포는 똑같이 하얗게 보인다고 했다. 완치 판정은 재발하지 않는다는 전제 조건 하에 오 년 후. 어쨌든 항암 치료가 끝났다.

· · ·

경훈의 집은 병원에서 도보로 오 분 거리다. 항암 치료를 받을 때 가끔씩 병원 근처에서 만나 커피를 마시곤 했다. 환자복 입고 카페 들어가기 민망해서, 주로 사운즈 한남의 야외 벤치가 우리들의 카페였다. 언제나 테이크아웃용 커피를 사던 카페 온더램프에서 경훈이 뜨아, 나 아아 한 잔을 주문해 받아왔다. 대한민국에서 가장 핫한 동네답게 벤치 앞을 지나가는 사람들은 남녀노소 힙한 느낌이었다.

"돈 많은 남자가 미녀를 얻고, 그 사이에서 더 예쁜 아이가 태어나고, 괜히 한남동이 아니구나!"

"여자 얘기하는 거 보니 치료가 끝나긴 한 거 같네."

"경훈아, 나는 이 얼굴로 이제 여자 만나는 건 꿈도 못 꾸겠지?"

"기운 내! 옛날에 그 얼굴로도 잘 만나고 다녔잖아."

행복했다. 아무리 찔려도 아프지 않은 햇빛, 친구와의 시시껄렁한 대화, 커피 한잔이 있었다.

"잘생긴 얼굴로 살면 뭐가 좋아?"

"피곤하지. 단 거 조심할 나인데 밸런타인 데이 같은 날에 초콜릿도 많이 먹어야 하고. 넌 당뇨 없지? 없겠다."

"하긴 피곤할 수도 있겠다. 못생긴 애들보다 결혼도 많이 해야 하고."

화가이자 일러스트레이터인 경훈은 내가 입원할 때 아내의 이름을 따서 만든 수진이란 캐릭터 그림 액자를 선물해줬다. 커다랗고 빨간 머리에 작은 천사 날개를 달고 있는 귀여운 여자아이였고, 나는 병원에 입원할 때면 항상 액자를 챙겨가 침대 머리맡에 두곤 했다. 의사나 간호사, 간호조무사, 식당 아주머니까지, 모두 그림을 보면 아이처럼 환하게 웃으며 "이 그림은 직접 그린 거예요?"라고 물어왔다. 그럴 때면 나는 "친구가 빨리 나으라고 선물로 준 거예요!"라며 자랑하듯 얘기했다. 우중충한 암 병동이 조금은 화사해지던 순간이었다.

뜨아가 식어 미지근해질 때까지, 아아의 얼음이 녹아 싱거워질 때까지, 한남동에 사는 경훈과 집 한 채 없는 나의 온도차가 얼마 나지 않는다는 것을 확인할 때까지, 우리는 사운즈 한남의 벤치에서 똑같은 햇빛을 입고 한참을 앉아있었다. 또 다른 의미의 식물인간이라도 된 것처럼.

● ● ●

지금은 어딘가로 이전해버렸지만, 단국대학교는 내가

다닐 때만 하더라도 한남동에 있었다. 지금 BTS가 살고 있다는 바로 그 자리다. 1학년 때부터 카피라이터의 꿈을 키웠던 나는 전공 과목에 통 관심이 없었다. 점수에 맞춰 대충 고른 화학과, 스무 살의 나는 주기율표조차 외우지 않던 직무유기 학생이었다. 가장 기초적인 과목이라고 할 수 있는 일반화학 삼수강의 기록은 아마 지금도 깨지지 않았으리라.

당연히 수업에도 잘 가지 않았다. 한낮에 강의를 빼먹고 할 일은 두 가지뿐이었다. 중앙도서관에서 광고 회사의 사보를 읽거나, 본관 스탠드 위 잔디밭(이라고 하기에는 민망한 자투리 잔디 화단)에 누워 별을 쬐는 것. 나는 카피라이터가 될 수 있을까. 편입을 하면 어떤 학교에 가야 할까. 아직 군대도 다녀오지 않았는데 어느 세월에 수영이랑 결혼을 할까.

머릿속을 가득 채운 스무 살의 고민들도 한바탕 일광 소독을 하고 나면 바삭하게 부서져 별것 아닌 일로 여겨졌다. 중앙도서관에서 대여한 이외수의 책을 얼굴에 덮고 자다 잠에서 깨면 찌뿌둥한 몸, 크게 기지개 한번 켜고 술 마실 친구를 찾았었나.

　강산이 두 번 변하고 몇 년이 지난 지금, 놀랍게도 불안한 마음으로 출발선에 섰던 그때와 달라진 것이 별로 없었다. 아무리 너그럽게 봐준다고 해도 당최 내 나이와 어울릴 수 없는 진로 고민과 이성 문제라니! 달라진 점이 있다면 암환자란 타이틀까지 더해져 당장 자살을 한다고 해도 모두가 수긍할 만한 인생이 됐다는 것이다.

　망가진 얼굴, 이뤄놓은 것 없는 인생, 여태 솔로. 그래도 살아야겠지. 치료 안 받으면 육 개월에서 이 년 안에 죽는 지독한 병에 걸려, 삼 년이나 늦게 치료받고도 결국 죽지 않았으니. 암으로 장남 잃고 차남까지 잃는다면 너무 불쌍할 부모님을 위해서라도 꾸역꾸역 살아야겠지. 언젠가 햇빛 벗고 긴 어둠 속으로 들어가는 날, 조금이라도 덜 후회하기 위해서라도.

너의 목소리가 들려

낮에 글 쓰고 밤에 잠 잘 공간이 필요했다. 집도 절도 교회도 성당도 없는 신세, 임시로 지낼 만한 저렴한 원룸을 구하기로 했다. 부모님 댁에서 끼니를 해결하기 위해 도보 이동이 가능한 곳으로 기준을 잡았다. 일상으로의 완전한 복귀를 하지 못한 상태였기에 공간보다 중요한 건 가격이었다. 서울에서 가장 저렴한 원룸이라고 하면 옥탑방도 반지하도 보증금 천만 원에 월세 오십만 원부터 시작한다. 그마저도 별로 없었다. 이 앱 저 앱 돌아다니며 매물을 검색하다가 전세 사천만 원짜리 방을 발견했다. 25평짜리 아파트도 십억 원에 육박하고 인기 없는 다세대 빌라 전세도 이삼억 원이 우스운 서울에서 전세 사천만 원? 사기 매물이란 생각이 강하게 들었지만 혹시나 하는 마음에 전화를 걸어봤다. 딱히 신뢰 가지 않는 말투의 젊은 남자가 사무적으로 얘기했다.

"전세 사천만 원에 관리비 십이만 원, 기본적인 옵션 다 있고 인터넷, 케이블 TV, 전기, 수도, 가스 다 포함입니다!"

반신반의하는 마음으로 약속을 잡고 보러 간 방은 부모님 댁에서 걸어서 오 분 거리로 위치는 일단 합격이었다. 보러 간 방은 주차 타워가 있는 팔층짜리 건물 삼층에 있었다. 뉴스에서 본 고시원이 생각났다. 이렇게 작은 전세방이 세상에 존재한다는 사실에 놀랐다. 고시원에서 가장 좋은 방 수준이라고 해야 정확한 표현일 것이다. 붙박이 옷장, 책상, 미니 냉장고, 간이 주방, 세면대 수도꼭지에 샤워기까지 달려있는 비좁은 화장실. 망가진 얼굴로 집들이할 것도 아니고 성형수술 전까지 임시로 지내기에는 나쁘지 않을 것 같아 바로 계약했다.

나중에 안 사실이지만 내가 계약한 방은 소위 불법 쪼

개기 원룸이라고 하는 곳이었다. 주차 타워에 등록된 차량이 여덟 대인 걸로 봐서 여덟 가구로 허가를 받고, 일층에는 상가로 둔 채 이층부터 얼추 서른다섯 개의 방으로 쪼개 임대를 놓은 것이다. 이사를 한 후 작은 원룸의 넓이가 궁금해 가로와 세로의 길이를 줄자로 잰 후 인터넷에서 평으로 환산해봤다. 3.8평이었다. 현관, 주방, 화장실까지 합친 넓이다. 자금을 횡령하고 거액 뇌물을 받아서 십칠 년형을 선고받고 수감된 MB의 독방보다 0.1평 작다. 내가 지은 죄는 무엇일까 생각했다.

●　●　●

불법으로 개조한 원룸의 방음이 제대로일 리가 없다. 덕분에 한 번도 마주친 적 없지만 옆방에 가수 지망생 아저씨가 산다는 것을 알게 됐다. 일상적 볼륨의 전화통화를 해도 대화 내용이 적나라하게 들릴 정도의 공간에서, 가수 지망생이 아니라면 낮 시간 내내 그렇게 노래를 부를 리가 없었다. 그나마 다행인 건 노래 솜씨가 제법 괜찮았다. 바이브의 〈술이야〉를 불렀을 때는 나도 모르게 박수를 치려다 멈칫했다. 코로나 때문에 노래방을 가지 못해 그러는 건지, 원래 혼자만의 방구석 콘서트를 즐겼는지는 모를 일이다. 어쨌든 가수 지망생 아저씨가 아니라 나얼이나 하현우였어도, 시도 때도 없이 노래를 부른다면 내 입장에서는 민폐 이웃일 뿐이다.

건물 일층에는 옛날 대중목욕탕 매표소 같은 공간에 관리인 아저씨가 상주한다. 민원을 넣으려다 참았다. 난곡사거리 근처 3.8평 원룸에 사는 사람들이라면, 나를 포함해서 김운경 작가님의 드라마 등장인물들 같은 인생을 살고 있지 않을까. 나는 잠깐 살다 곧 떠날 테니 고단한 인생, 그렇게라도 풀고 사쇼! 마음속으로 옆집의 아저씨를 응원하고 다이소 귀마개를 끼우면 그럭저럭 지낼 만했다. 그나마 밤에 안 부르는 게 어디야.

●　●　●

옆집 이웃이 누구일지가 어쩔 수 없는 복불복이라면, 옆 건물이 모텔임을 간과한 건 전적으로 나의 불찰이었다. 삼십 년은 족히 넘었을 것 같은 모텔이 바로 옆 건물이었고, 건물과 건물 사이의 간격은 구도심의 빽빽한 상가 건물답게 1미터 남짓밖에 되지 않았다. 그리고 내 방 창문은 모텔 건물과 맞닿아있었다.

공제가 한국에 놀러 와 함께 대구로 짧은 여행을 떠났을 때, 에어비앤비를 통해 예약한 오피스텔을 숙소로 사용했다. 그 오피스텔 바로 뒤에 모텔이 있었는데 딱 비슷한 연식이었다. 모텔 건물 외관에는 커다란 플래카드에 촌스러운 색상으로 숙박 이만 원이란 글자가 인쇄되어 있었다.

"하룻밤에 이만 원을 받으면 청소에 침구 세탁에, 인건비 빼면 남기나 할까?"

"청소랑 세탁을 안 하면 남겠지!"

"저런 모텔에는 어떤 사람들이 숙박할까?"

공제와 술을 마시며 그런 대화를 했던 것 같다. 3.8평 원룸에 살면서 마침내 궁금증이 풀렸다. 아주 오래된 연인들. 015B 노래에 나온 커플들보다 훨씬 아주 많이 오래된 연인들이 자주 옆 모텔에서 사랑을 나누셨다. 모텔에 투숙해서 원치 않게 타인의 신음 소리를 들어본 경험은 몇 번 있어도, 육십 대(아마도?) 이상의 커플들이 내는 연륜 있는 그것은 처음 들어봤다. 도대체 사랑을 나누다 왜 '어이쿠!' 같은 소리가 나는지, 잠도 오지 않는 기나긴 밤 아무리 상상을 해봐도 도무지 납득이 가지 않았다.

일상 속에서 스트레스를 원치 않게 직면하는 상황 앞에서 발암 유발이란 말을 많이 쓴다. 힘들게 항암 치료를 끝냈는데 어이없는 이유로 암이 재발할 것 같은 날들이었다.

• • •

모텔 건물 지하에는 노래 바가 있었다. 노랫소리가 들

린 적은 없지만 영업을 안 하는지는 확실히 알 수 없었다. 모텔이 하도 낡아서 영업을 하지 않는 것처럼 보일 뿐 사실 영업을 하는 거 아닐까, 라는 생각도 들었기 때문이다. 노래 바 유리문에 폐업이란 안내문이 붙은 건, 원룸으로 이사 오고 삼 개월이 지났을 때쯤이었다. 그리고 일주일이 더 지난 후, 모텔 건물 전체에 공사장 가림막이 설치됐다. 나는 너무 기뻐서 현장 근무자로 보이는 누군가를 붙잡고 물어봤다.

"이제 모텔 영업 안 하는 건가요?"
"네. 건물 다 허물고 더 높은 빌딩 들어설 거예요."
"건물을 허문다구요? 공사 기간이 얼마나 되는데요?"
"못해도 일 년은 걸리겠죠!"

며칠 후 내가 살고 있는 원룸의 현관문 앞에 송월타올 세트 하나가 있었다. 가만히 보니 누군가 각 세대마다 하나씩 돌린 것 같았다. 박스 겉면에 메시지 적힌 스티커가 하나씩 붙어있었다.

장미모텔 재건축 공사로 소음을 유발하여 대단히 송구스럽게 생각합니다. 최대한 소음 발생에 유의하며 공사를 진행하겠습니다. 이웃 주민분들의 너그러운 양해를 바랍니다.

-KN로즈타운 시공사 일동-

다음 날부터 굉음을 동반한 공사 소리에 묻혀 옆방 아저씨의 노랫소리는 더 이상 들리지 않았다.

기대하지 말고 기대지도 말고

한남동 S 병원에 입원해 항암 치료를 받을 때다. 나중에 성형수술을 받으면 어떤 식으로 진행될지 궁금해 혈액종양내과 교수님에게 성형외과 협진을 부탁했다. 예약을 하고 며칠 후에 진료를 받으러 갔다. 대기 환자들로 북적거리던 다른 과와 달리 성형외과는 비교적 한산해 보였다. 성형외과 교수님은 구글의 이미지 검색을 이용해 나와 같은 환자들의 수술 사례를 보여주며, 대략적인 수술 방법과 횟수 등을 설명해주셨다.

'의학의 발전은 실로 놀랍구나!' 첫 번째 생각을 잠깐하고, '수술 받다 죽을 수도 있겠구나!' 두 번째 생각은 공포로 가득 찼다. 내가 받게 될 무시무시한 성형수술에 대해 간략히 설명하면, 전신마취를 요하는 수술을 최소 세 번, 몇 개월에 걸쳐 반복해야 한다. 비중격의 부재로 주저앉은 코 조직은 방사선 치료로 생명력을 잃은 상태라 다 잘라낼 거라고 했다. 흔히 해골바가지라고 하는 머리뼈를 보면 코 부분이 삼각형 모양으로 뚫려있는데, 얼굴을 일단 그 상태로 만든다는 것이다.

이 부분의 설명을 들을 때부터 나는 다리가 풀렸고 심장박동은 급격하게 빨라졌다. 비중격을 대체할 뼈는 갈비뼈의 끝부분이나 귀의 뼈 일부분을 잘라내 사용. 뼈대가 해결됐으니 다음은 피부가 필요하다. 이마의 표피를 잘라내 사용하는데 신경이 살아있어야 해서, 영어 소문자 엔(n) 모양으로 잘라낸 피부를 한번 꼬아서 밑으로 내려 덮어줘 코를 만들고, 이마의 표피가 상실된 부분은 양쪽 피부를 잡아당겨 꿰맬 거라고 했다. 한 번의 수술로는 원하는 코 모양이 나오기 힘들어 세 번에 걸쳐 다듬는 식이라고. 신경이 제대로 연결되지 않아 피부조직이 자리 잡지 못하면 수술 횟수는 세 번에서 점점 늘어날 거라고도 했다.

차라리 몰랐으면 좋았을까. 쓸데없는 호기심을 갖지 말았어야 했다. 성형외과에서 진료를 마치고 나올 때는 처음 암 선고를 받았을 때보다 더 큰 충격을 받아서, 며칠 동안 서걱서걱 이마의 피부를 도려내는 환청이 들리는 것 같았다.

●　●　●

알라딘 중고서점에서 북 서핑을 하다가 눈에 띄는 항암 에세이 한 권을 발견했다. 이십 대의 저자가 발병 부위까지 나와 똑같은 림프종 환자였다. 저자는 나에게 안 좋은 기억을 심어줬던 바로 그 병원에서 치료를 받았다. 우리나라에서 가장 핫하다는 의사에게 치료받았는지는 알 수 없었지만, 어쨌든 대학교의 SKY 서열처럼 우리나라 탑 쓰리 안에 들어가는 병원에서 치료를 받은 셈이다. 책을 읽으며 함께 찾아본 인터뷰 기사에 저자의 사진이 있었다. 일면식도 없는 완벽한 타인의 입장에서도 안

타까울 만큼 저자의 암 투병 전 외모는 훈남이었다. 나처럼 잘생기지도, 못생기지도 않은 얼굴이 망가져도 세상 살맛이 안 날 만큼 실의에 빠지는데, 저자는 망가진 얼굴을 처음 확인했을 때 얼마나 상심했을까.

여기서 잠깐! 혹시나 잘생기지도 않고 못생기지도 않은 얼굴이 어느 수준의 외모인지 궁금해할 독자가 있을지도 모르겠다. 특별히 컨디션 좋은 날에 뽀얀 수증기가 드리운 욕실 거울을 보며 '이 정도면 나도 괜찮은 편 같은데!'라는 생각을 해본 적이 있다면, 바로 그 얼굴이 잘생기지도 않고 못생기지도 않은 수준이다.

돌아와 다시 책 이야기. 어쨌든 저자는 가장 시설 좋고 실력 좋다는 병원에서 무려 여덟 번의 성형수술을 했다고 한다. 인터뷰 기사에는 저자의 수술 후 사진도 수록되어 있었다. 아….

●　●　●

병원에 입원해 한창 항암 치료를 받을 때는 사실 망가진 얼굴을 신경 쓸 겨를이 없었다. 죽을지도 모르는 상황에서 얼굴이 밥 먹여주는 것도 아니고. 항암 치료가 끝나고 몇 년이 지나 완치 판정을 받으면 성형수술을 받게 될 거란 의사의 얘기에 그러려니 했던 것도 같다. 다리가 부러져 병원에 입원했다면 치료 후 다리가 멀쩡해질 상상을 하지, 평생 불구로 지낼 생각을 하지 않는 것처럼 말이다. 일단 급한 불을 끄고 나중에 수술을 받으면 얼굴도 돌아오고, 멀쩡해진 얼굴로 다시 사람들도 만나고 연애도 하고 그렇게 살 줄 알았다.

나와 똑같은 증상으로 치료를 받고 여덟 번 성형수술을 했다는 남자의 얼굴은, 내가 기대했던 수준보다 훨씬 이상했다. 보험도 안 되는 비싼 수술비를 내고 전신마취까지 해야 하는 힘든 수술을 여덟 번이나 견딘 대가가 너무 실망스러웠다. 조금 심하게 얘기하면 지금 내 코와 그 남자의 수술 후 코가 별반 차이 없어 보였다. 물론 나는 완치 판정을 받게 되면 목숨이 위험하다고 하더라도 몇 번이고 수술을 받을 것이다. 그러나 다시는 원래의 잘

생기지도 않고 못생기지도 않았던 얼굴로 돌아갈 수 없다는 사실에, 남은 인생에 대한 기대치가 하염없이 떨어지고 있었다.

• • •

히키코모리라고 하는 은둔형 외톨이의 증가는 일본에서 심각한 사회 문제다. 일본의 많은 문제가 순차적으로 따라 나타나는 우리나라에도 아마 적지 않은 수의 은둔형 외톨이가 있지 않을까. 대략 몇 명이 있는지는 몰라도 확실한 것은 한 명이 늘었다는 것이다. 지금은 코로나 때문에 티가 나지 않아도 국민 대부분이 백신을 맞고 코로나가 잠잠해지면, 나는 더 외로워질 예정이다.

이런 생각이 확고해진 건 우연히 읽은 한 권의 책 때문이다. 여덟 번 수술했다는 저자의 항암 에세이가 아니다. 바로 최정화 작가가 쓴 《지극히 내성적인》이란 소설책이다. 왜 그 책이 내 방에 있었는지, 언제 샀는지조차 기억나지 않았다. 한참을 옆 건물 공사 소음에 시달리다가 귀마개를 하고 무심코 책을 집어 들었다. 열 편의 단편소설을 엮은 책인데 그중에 〈틀니〉란 단편소설이 있었다.

줄거리는 다음과 같다. 교통사고로 치아가 완전히 망가진 남편. 임플란트를 할 수 없는 상태라 틀니를 끼고 생활한다. 틀니를 뺀 모습을 남에게 보이고 싶지 않은 마음은 십분 이해되지만, 아내는 자기 앞에서까지 그러는 것이 섭섭하다. '집에서는 틀니 빼고 편하게 지내요!' 아내의 말에 용기를 낸 남편은 틀니를 빼고 진짜로 편하게 지낸다. 내 마음을 서늘하게 만든 건 그날 이후 아내의 심리다. 틀니를 뺀 남편의 모습이 도무지 적응이 안 된다는 것. 아내는 마음속으로 외친다. '제발 틀니를 끼워! 그 흉물스러운 얼굴을 나에게 들이밀지 말라구!'

정확한 문장은 아니어도 대충 이런 식의 심리묘사였다. 결론까지 얘기하면 스포일러가 될 수 있어 줄거리는 여기까지. 사실 나에겐 결론이 중요하지도 않았다. 서늘했다. 적나라하게 묘사된 아내의 속마음에 이미 세상을 향한 나의 문들이 황급히 닫히고 있었다. 가족에게, 친구에게, 선후배에게, 지인에게, 우연히 마주치는 타인들에게로 향한 문들이 둔탁한 소리를 내며 닫히고 있었다. 여태 솔로 같은 싱거운 농담도 팔자 좋은 시절의 얘기라고, 실제 상황이니 어금니 꽉 깨물고 진짜로 혼자가 되어야 한다고, 기대하지 말고 기대지도 말고.

Present라는 선물

연일 계속되는 공사 소음을 다이소 귀마개로 막기에 는 역부족이었다. 건물을 허문다며 줄곧 우르르 쾅쾅 때 려 부수는 소리가 멈추는가 싶더니, 상황이 악화되어 땅 을 파낸다고 초대형 회오리 감자 같은 장비까지 등장했 다. 알량한 통장 잔고 때문에, 코로나에 발목 잡힌 세상 때문에 도망칠 곳도 없었다. 항암 다음 다시 발암 상황 에 인내심의 한계를 느낄 때쯤, 한 줄기 빛이 3.8평 원룸 에 비쳤다. 혹시나 하고 접수했던 공공 임대아파트에 덜 컥 당첨된 것이다. 나에게 설마가 부정 부사라면 혹시는 희망 부사가 확실했다.

접수할 때 자격 조건이나 가점 기준 같은 것을 확인했

는데, 나는 멀어도 한참 먼 후 순위였다. 공공 임대아파트도 종류가 다양하겠지만 내가 된 곳은 말 그대로 찐 서민용이었다. 암환자가 된 후 어디 가서 꿀리지 않을 불쌍함을 장착했다고 해도, SH공사가 마련한 기준에 암환자 특별 우대 같은 항목은 없었다. 나에게 해당되는 건 두 가지밖에 없었다. 돈 없을 것, 10회 이상 납부한 청약통장을 갖고 있을 것. 한 가지 더 무난하게 해당되기 좋은 조건이 지역 구민이었는데, 임대 공고가 나온 곳은 강동구였고 내가 사는 곳은 관악구였다.

당연히 세 가지 조건을 충족하는 사람에게 기회가 돌아갈 것이기에 기대도 안 했던 것이다. 임대 연장 기간도 무려 삼십 년이다. 갑자기 돈벼락을 맞지 않는 이상 쫓겨날 일도 없다는 뜻이다. 내 나이의 암환자가 삼십 년 더 산다면 천수를 누린다는 의미일 텐데, 다른 사람 사는 곳을 부러워하지만 않는다면 죽을 때까지 집 걱정 안 해도 된다. 이사는 입주 기간인 두 달 사이 아무 때나 들어가면 되지만 나는 입주 가능 첫날로 이사 날짜를 잡았다. 하루빨리 전쟁터 같은 원룸에서 탈출하고 싶었다.

• • •

한때 강남의 공공 임대아파트 현관문이 투명한 유리로 만들어져 논란이 된 적이 있다. 소통 부족과 고독사 문제 해결을 위한 의도였다는 설명을 듣고 실소를 금치 못했다. 이사 날짜가 다가올수록 공사 소음도 즐겁게 견디며 시간을 보내다가, 어느 공공 임대아파트에 대한 뉴스를 보게 됐다. 투명 유리문에 버금가는 한심한 설계로 담당자가 뉴스에서 연일 두드려 맞는 것 같았다. 가장 큰 문제점은 공공 임대아파트 1층의 현관문을 열면 바로 대로변이라는 것이다. 설계자의 인터뷰가 가관이었다.

"현대사회에서 소통은 중요한 가치로⋯."

유학까지 가서 건축 공부를 많이 했겠지만, 한국 서민의 삶에 대한 고민과 통찰은 전혀 없어 보였다. 저 아파트에 입주하는 사람들도 막상 당첨되었을 때 뛸 듯이 기뻐했을 텐데, 딱했다. 쯧쯧. 그러다 느낌이 싸했다. 끝나버린 뉴스를 인터넷에서 다시 확인해보니 내가 입주할 아파트였다. 불난 집 신나게 불구경하다 알고 보니 자기집이었다는 우스갯소리가 생각났다.

며칠 후 사전 입주 행사 때 찾아가 직접 확인한 아파트는 다행히도 생각보다 나쁘지 않았다. 아니, 솔직히 얘기하면 마음에 쏙 들었다. 당첨 확률을 높이기 위해 가장 작은 평수인 10평짜리를 선택했지만 운동장이었다. 강릉에서, 혹은 은평구 상가 주택에서 이사를 가게 됐다면 답답하게 느꼈을지도 모른다. 비교 대상이 공사장 옆 극한 환경의 3.8평 원룸이다 보니, 나에게는 10평의 공공임대아파트가 나인원한남이고 한남더힐이었다.

소풍을 기다리는 어린아이처럼 이삿날만 목이 빠져라 기다렸다. 임대아파트 사는 아이랑은 친구도 하지 말라고 교육하는 학부모도 있다는 걸 익히 들어 알고 있다. 나랑은 상관없는 이야기다. 현대인 한 사람에게 필요한 최소한의 주거 공간이 10평이란 글을 어디선가 본 것 같다. 드디어 나도 현대인이다.

· · ·

나는 암환자가 되기 전에는 내 인생이 평범하다고 생각했다. 결혼도 못 했고, 모아둔 돈도 없고, 특별한 업적을 쌓지 못했어도 그랬다. 주로 인간관계에 국한된 생각이었으니까. 누군가에게는 좋은 사람, 누군가에는 나쁜 사람, 어떤 순간에는 바른 사람, 어떤 순간에는 그릇된 사람, 어딘가에서는 필요한 사람, 어딘가에서는 쓸모없는 사람. 평균값을 내보면 결국 무난하고 평범한 사람으로 귀결된다고 생각했다. 나에게 특히 중요한 두 개의 단어, 친구와 애인 관계에서는 더 그랬다. 그냥 다 그렇게 사는 거지. 좋으면 좋은 대로, 싫으면 싫은 대로.

암에 걸린 후 확 쪼그라든 인간관계 앞에서 제일 먼저 든 감정은 섭섭함이었다. 멀쩡할 때는 주변에서 북적대던 사람들이 다 발길을 끊고, 이제는 암환자가 된 내가 부담스러워 내쳐버렸구나.

남는 건 시간뿐인 암환자의 일상을 오로지 과거에 대

한 복기로 꽉 채워보니, 섭섭함은 슬며시 사라지고 회한만이 남았다. '70점짜리 남자 친구는 되지 않았을까?'라는 생각은 하염없이 추락해 낙제 점수가 됐다. 나의 좋은 친구에게 나는 그만큼의 좋은 친구가 아닐 수도 있다는 생각에 마음이 추워지기도 했다.

인간관계뿐만이 아니었다. 나름 나쁘지 않게 결정했다고 자부하던 인생의 선택들에도 자꾸 의심이 생겼다. 다시 돌아갈 수 있다면, 다시 한 번만 기회가 주어진다면 더 나은 나로 살 수 있을 것 같은데.

무신론자라 딱히 기댈 신도 없었다. 독실한 천주교 신자인 엄마에게 선물하기 위해 사놓고 쑥스러워 아직 드리지 못한, 머리맡 프란치스코 교황 석고상에게 빌었다. 천주교 신자의 아들이니까 자투리 은총이라도 받을까 싶어서 말이다. 이탈리아 수녀원에서 만들었다는 천사 모양 은 목걸이를 만지작거리며 빌었다. 경훈에게 선물받은 수호천사 수진이 액자를 보며 빌었다. 간절한 내 기도가 통했는지, 새 아파트로 이사를 가던 날에 반가운 메시지를 한 통 받을 수 있었다.

SE : 카톡!

선물이 도착했습니다!

누가 보낸 건지, 선물의 내용이 무엇인지 스마트폰의
잠금 장치를 풀지 않아도 알 수 있었다. 나는 내일부터
조금 일찍 일어나야겠다고 생각했다.

인생, X다

2021년 12월 1일 초판 1쇄

지은이   김별로
펴낸이   박영미
펴낸곳   포르체

편 집   류다경, 원지연
마케팅   문서희, 유주윤
디자인   이정빈

출판신고 2020년 7월 20일 제2020-000103호
전   화 02-6083-0128
팩   스 02-6008-0126
이 메 일 porchetogo@gmail.com
포 스 트 https://m.post.naver.com/porche_book 인스타그램 www.instagram.com/porche_book

ⓒ 김별로(저작권자와 맺은 특약에 따라 검인을 생략합니다.)
ISBN 979-11-91393-47-7 (03810)

여러분의 소중한 원고를 보내주세요.
porchetogo@gmail.com